Belarta rikolto 2025

Premiitaj verkoj de la Belartaj Konkursoj
de Universala Esperanto-Asocio

I0673601

Belarta rikolto

2025

Premiitaj verkoj de la
Belartaj Konkursoj
de Universala Esperanto-Asocio

Mondial
Novjorko

Belarta rikolto 2025
Premiitaj verkoj de la Belartaj Konkursoj de
Universala Esperanto-Asocio (UEA)

Mondial eldonas ĉi tiun libreton laŭ interkonsento
kun UEA, kiu havas la rajton pri la unua
publikigo de la premiitaj verkoj.

La regularon pri la Belartaj Konkursoj de UEA oni povas legi en:
uea. org/teko/regularoj/belartaj_konkursoj

Redaktinta teamo: Miguel Gutiérrez Adúriz, Miguel Fernández,
Ulrich Becker

*Pri la lingva kvalito de la tekstoj respondecas la aŭtoroj mem.
Ni nur korektis la plej evidentajn mistajpaĵojn kaj erarojn
kaj iomete unuecigis la formaton.*

ISBN: 9781595695147
www. esperantoliteraturo.com

Enhavo

Rezultoj de la Belartaj Konkursoj 2025

BRANĈO POEZIO

Juĝkomisiono: Krys Williams, István Ertl, Mao Zifu.
Partoprenis 39 verkoj de 21 aŭtoroj el 13 landoj [10 el Afriko, 2 el Ameriko, 2 el Azio, 25 el Eŭropo]

La unua premio estas aljuĝita al "Al mia unua instruistino nun 90-jara... " de Benoît Philippe el Germanio.
La dua premio estas aljuĝita al "Amara bukedo" de Nicolau Dols el Hispanio.
La tria premio estas aljuĝita al "Aŭdu" de Benoît Philippe el Germanio.
Honora mencio estas aljuĝita al "La fia komedio" de Gonçalo Neves el Portugalio.
Honora mencio estas aljuĝita al "Buĉado" de Gonçalo Neves el Portugalio.
Honora mencio estas aljuĝita al "Poacoj sur roko" de Choe Taesok el Litovio/Koreio.

BRANĈO PROZO

Juĝkomisiono: Trevor Steele, Julian Modest, Anina Stecay
Partoprenis 47 verkoj de 28 aŭtoroj el 16 landoj [11 el Afriko, 5 el Ameriko, 26 el Eŭropo].

La unua premio estas aljuĝita en egaleco al
"Plagiato" de Jorge Rafael Nogueras el Usono/Portoriko.
"Ridindaj amaferoj" de Debra Hamel el Usono.
La dua premio estas aljuĝita al "La malfacila vivo dum la milito" de Jean de Dieu Kikako el D. R. Kongo.
La tria premio estas aljuĝita al "Kiam flugilo rompiĝas" de Wei Yubin el Ĉinio.

BRANĈO MIKRONOVELO

Juĝkomisiono: Trevor Steele, Nicola Ruggiero, Antonio Valén.
Partoprenis 43 verkoj de 20 aŭtoroj el 13 landoj [8 el Ameriko, 8 el Azio, 27 el Eŭropo].

La unua premio - premio Paula Adúriz - estas aljuĝita al "!" de Steven Cybulski el Usono.
Dua premio: aljuĝo nuligita surbaze de la 2a artikolo, 3a punkto, de la konkursa regularo.
La tria premio estas aljuĝita en egaleco al
"Kreema Infano" de Lurdes Oliveira el Portugalio.
"Ne krokodilu!" de Debra Hamel el Usono.

BRANĈO TEATRAĴO

Juĝkomisiono: Saša Pilipović, Georgo Handzlik, Alena Adler
Patroprenis 5 verko de 5 aŭtoro el 5 lando [1 el Ameriko, 1 el Azio, 3 el Eŭropo].

La unua premio estas aljuĝita al "Civilizita konversacio" de Jorge Rafael
Nogueras el Usono/Portoriko.
La dua premio estas aljuĝita al "Ara" de Evgenij Georgiev el Kazaĥio.
La tria premio estas aljuĝita al "Dominiko Orban en la infero" de Laimundas
Abromas el Litovio.
Honora mencio estas aljuĝita al "Mi estas Neniulo" de Ralph Glomp el Germanio.

SUBBRANĈO MONOLOGO KAJ SKEĈO

Juĝkomisiono: Saša Pilipović, Georgo Handzlik, Alena Adler
Patroprenis 4 verkoj de 4 aŭtoroj el 4 landoj [1 el Ameriko, 2 el Azio, 1 el
Eŭropo].

La unua premio – premio María Cuevas – estas aljuĝita al "Bopatrino –
superheroo, surhavanta antaŭtukon" de Evgenij Georgiev el Kazaĥio.
La dua premio estas ne aljuĝita.
La tria premio estas ne aljuĝita.

BRANĈO ESEO

Juĝkomisiono: Gotoo Hitoshi, Antonio Valén, Giridhar Rao.
Partoprenis 7 verkoj de 6 aŭtoroj el 6 landoj [7 el Eŭropo].

La unua premio - premio Luigi Minnaja - estas aljuĝita al "Semantika potenco de
Esperanto: de kombineblo al signifo" de Toni Espinosa el Hispanio.
La dua premio estas ne aljuĝita.
La tria premio estas ne aljuĝita.

INFANLIBRO DE LA JARO

Juĝkomisiono: Ricardo Albert Reyna, Edmund Grimley, Martin Markarian.
Partoprenis 4 infanlibroj de 4 eldonejoj el 4 landoj [3 el Eŭropo – 1 el Oceanio].

La premio "Infanlibro de la jaro" estas aljuĝita al la Eldonejo "ZIRIE" el Aŭstralio,
pro la verko "Vivo" de Roberto Pérez-Franco, ilustrita de Margarita Cubino
kaj tradukita de Norberto Díaz Guevara.

BRANĈO KANTOTEKSTO

Juĝkomisiono: Ankie van der Meer, Flavio Fonseca kaj Miguel Fernández (kiel
laŭokaza anstataŭanto de Ĵak Le Puil)
Partoprenis 14 verkoj de 6 aŭtoroj el 6 landoj [4 el Azio, 10 el Eŭropo].

La unua premio estas aljuĝita al "Ploras la ĉiel'" de Petro Palivoda el Ukrainio.
La dua premio estas aljuĝita al "Amhistorio" de Petro Palivoda el Ukrainio.
La tria premio estas aljuĝita en egaleco al
"Nedeca tango" de Ewa Barbara Grochowska el Francio,
"Ĝuu la vivon" de Ewa Barbara Grochowska el Francio.

Miguel Gutiérrez Adúriz
Sekretario de la Belartaj Konkursoj de UEA

Benoît Philippe

Al mia unua instruistino nun 90-jara...

... mi laŭpaŝas straton
kvazaŭ hejmkvartale
kvazaŭ mian faton
kvazaŭ senkiale

ŝi atendas min
rigardante siajn fingrojn
tremantajn kiel venta fojn'
ŝi atendas min

filo por ŝi demarŝojn faras
pro ŝtupoj kiujn ŝi ne plu povas suriri
mono kiun ŝi tro malŝparas
manĝaĵoj kiujn ŝi ne plu povas kuiri

ruiniĝas ŝiaj memoroj.
ĉio kion ŝi lernis
ĉio kion ŝi spertis
nuras minutaj meteoroj

ĉe la pulsobato de sia deliro
ŝi pri apelacio revus
se ŝi ne certus pri homara konspiro.
kia krio se ŝi nur mevus!

glitas du larmoj kaj klara nazmuko
kaj kuniĝas salo-sapore sur ŝia lip'...
per mantelo kovras ŝi malsaĝa kiel ŝtip'
la vizaĝon kiel per mortotuko

Nicolau Dols

Amara bukedo

> *Tantus amor florum*
> –Vergilio.

I. Oleandra gloro

Okazis senatende. Ombro venis kaj
ĉarme kaj invite al vi flustris:
"Ĉu vi ŝatus gustumi oleandron?
Tuŝu petalon, milde ĝin karesu, poste
flirtigu ĝin sur viaj lipoj ĝis kiam vi
ne plu toleros tiklojn kaj tuj ĝin
leku, promenigu langon sur ĝia
silka dorso kaj antaŭo, antaŭĝoje
salivu kaj samtempe enspiru la
balzaman ekzotecon de la vundita
floro nun ĝemanta kaj eĉ pro tio
pli kaj pli aroma, ĉiam bela, kaj
plie mortohore. Tiam, kaj nur post
longa aprecado de la sovaĝa karno,
mordu ĝin: la ĝojon pagu simple
per amaro. Spertu kiel sufero vin
invadas, delikate malica
plenigante viajn enajn vaskulojn
kaj kavaĵojn
– gorĝan, brustan, stomakan, ventran poste –.
Senkonsciiĝu, milde ekdormeti en brakoj de
forgeso: jen la celo de ĉiuj viaj paŝoj kaj
esperoj.
Ĉu tro draste? Memoru, nur memoru
kiel venenojn vi enlasis jam en vian

vivon; kiel la acerbo de ploro kaj
kolero vin invadis, la nigra galo de
solecaj horoj kaj la mucida stinko de
velkado. Lante fendante vian koron
ankaŭ amo kaj belo same ĝin detruas.
Ne timu, ne suferu, vi nur flosu,
avide mordu floron de feliĉo kaj
ekĝuu la gloron oleandran".

II. Elegio por agavo

Kvazaŭ el fajro fuĝante senlace ĉielen vi grimpis nokton
post nokto sen fin' -steloj atestas ĝis plor'.

Vere konata ja estas la vojo al ĝoja mirlando, Jimmy kaj
Janis kaj Jim, ĉiuj antaŭis al vi.

Dudek sep jarojn bezonas por flori tre alte kaj blanke nur
unu fojon agav', nur unu fojon dum viv'.

Vivo atingis momenton ekstazan, nur unu kaj solan.
Tuj post la alta florad', kovris vin blanka vual'.

Tiel vestitan marondoj kaj mevoj matene vin trovis,
vane flustrante al vi: "venu, revenu al pen'".

Tamen mieno trankvile respondis al vokoj insistaj:
"lasu min dormi en pac', fine naskiĝis aŭror'".

III. Papavaj petaloj

Iam, kaj iam nur, malofte ĉiam,
malfermas mi la sakon kie dormas
polvokovritaj viaj posedaĵoj -senvivaj
aĵoj ili estas nun, nomo, jaroj kaj
lokoj forvisiĝis kaj delonge forpasis
la parfumo kie mi trovis varman
rifuĝejon tuj post skualo rompis la
fenestron kaj eniris la ĉambron kiel
nadlo en miajn vejnojn, aŭ samkiel
nun memoraĵoj de vi subite sturmas
mian aplombon kaj konsternas min,
dum restas mi surplanke kiel bildoj
tuttaŭze forfalintaj de albumo: junaj
ridegoj kontraŭ neĝa fono,
manenmana promeno sur la sablo,
entrajna dormo post koncerta nokto,
"Liberec' estas nur alia vorto
signifanta 'nenio pli por perdi'", tion
ni kantis tiam, kaj denove ĉio
revenas nun kun tiu kanto, sed mi
ne plendas; eble se mi rajtus, mi
plendus pri la bildoj kiuj mankas: via
bela hararo cindriĝanta dum ĉio
malrapide sunsubiras malantaŭ la
vualo de dormemo... sed jen anstataŭ
tio kio restas post kiam vi aĉetis
hodiaŭon kontraŭ nia ŝparkonto de
morgaŭoj estas nur mi, lama blanka
verso, kaj la albumo kiu post
malfermo ĉirkaŭŝprucigis brunajn
polveretojn, kaj subite ruĝiĝis
- sangruĝiĝis - forvelkitaj petaloj de
papavo.

Benoît Philippe

Aŭdu

Tia jenos la lasta vespero:

Vi alumetos kandelon
por iom haveni ĉe flamo,
plenigos glason per klareto,
eksidos sola ĉe tablo,
plej proksime al hejtilo
ĉar vi ŝatos varmon.

Vin neniu vizitos, vin neniu koketos,
nur fluktuaj melodieroj el najbaraĵo.

Vi voĉe legos poemon
por iom haveni ĉe homo,
eble ĝis la deksesa verso,
poste ĉio ektrombos for,
la tuta vivo tujos for
kiel posttagmezo,

kiel maltro longa karmanjolo.

Gonçalo Neves

La fia komedio

Ĉe l' fino de la voj' de vivo mia, miatrovis
min ĉe mia skribotablo,
en mensostato plene apatia.
    Mi sidis lace, sena je kapablo
    batali kontraŭ tiel forta gildo
    kaj, ĉefe, ties ruza konestablo.
Jen apenaŭ pensebla nigra bildo:
maŝinoj ĉie regaj, sen escepto,
kontraŭ kiuj ekzistas nula ŝildo.
    Ni staras antaŭ tre stranga koncepto: anstataŭ
    karna, homo nur metala,
    kaj pri danĝero mankas la percepto.
Ĝia labor' montriĝas ideala:
rapida, sendifekta kaj senstrika,
kaj la maŝino estas eĉ lojala.
    Ĉu homa mond' fariĝis arkaika?
    Kie troveblas taŭga antidoto?
    Ĉu temas pri demand' ankaŭ etika?
Se ĉion solvos nur frida roboto,
per kio okupiĝu la homidoj?
Kiun taskon rifuzos la faktoto?
    Al homlabor' ŝuldiĝas piramidoj (kvankam
    eĉ tion iuj forte negos), sekretajn sciojn gardis
    la druidoj.
En mond' estonta, kiu saĝon flegos?
Kiu konstruos, kiel arto floros?
Ĉu iam maŝin' homon eĉ delegos? Espereble
    poetoj nun deĵoros
    per la vibroj de sia laŭta liro
    kaj strebos, luktos (do, ne nur angoros)
por mond' kun pli da am', volfort', inspiro.

Gonçalo Neves

Buĉado

Flugas inside droneo
(jen moderna portepeo!)
dum fotelas generaloj
spertaj pri nunaj bataloj.

Falas dom', infan' pereas,
dum ili pri pac' eseas:
tiaj detruoj banalas,
novan taktikon signalas.

Ĉio estas krom-efiko:
regu geopolitiko,
recikligo de obusoj,
kaj ne manku la fondusoj.

Protestantoj nur laikas,
fakan scion ne aplikas,
pro naivo anĝelusas,
dum milit' senĉese flusas.

Ŝajne logas muskovito
la avidon de l' elito,
la cetero, senvalora,
restu ĉiam akcesora.

Se iu tamen profitas,
dum aliaj dinamitas,
la popolo laŭte ploras,
kanon-karne plu deĵoras.

Choe Taesok

Poacoj sur roko

En monta krutaĵo arbplena
mi sidas sur roko ebena.
Sur subo tepidas granito,
sur supro altbluas zenito.

En foro subarbas obskuro,
sed min jen brilfarbas la suno.
Glaceas apudaj pinglverdoj,
la rokon dekoras la herboj.

Ĉe l' preskaŭ sentera dezerto
elstaras la orta kverko,
najbaras betulo kun fungo,
kaj staras sinua pintrunko.

Falpingloj daŭrigas la vervojn
kaj ŝtopas per si mem rokfendojn.
Utilaj montriĝas la spacoj
kaj tie radikas poacoj.

Dolĉaĵon elsuĉas abelo.
L' ekranon surgrimpas libelo.
Audiĝas trajnruloj sen laŭto.
Zefire dissonas la ĉanto.

Sur kavo arbara en fermo
la menso rigardas pri l' kerno –
estaĵo aperas el seno
kaj ree ĝi iĝas malpleno.

Jorge Rafael Nogueras

Plagiato

Estas rakontoj kiuj priskribas nekredeblajn okazaĵojn; mergas la legantojn en atentokaptan, ekscitan intrigon; kaj iom-post-iome senvualigas al ili pensigan, originalan misteron. La jena, espereble, liveros tion, kaj pli. Tamen, kiel la plej bonaj rakontoj (kaj la vivo mem), ĉio komenciĝas per nepriskribebla enuo...

Markuso Davis pasigis la tutan matenon en sia kabineto. Pli precize, li sidis ĉe sia skribotablo antaŭ sia komputilo. Kaj eĉ pli precize, li pasigis horojn tie, ne verkante.

La antaŭan tagon li estis ricevinta telefonvokon de sia agento kiu teorie devus feliĉigi lin: lia eldonisto amegis lian lastan romanon — faman, larĝe disvenditan verkon — kaj decidis komisii al li alian. Oni eĉ konsentis al li malavaran antaŭpagon, kiel pruvon de fido pri tio, ke li liveros "romanon eĉ pli grandiozan ol la unua!", kiel lia agento diris ekscitite.

Komprenebla la agento kredis, ke li ĵus liveris bonegajn novaĵojn: novan kontrakton, antaŭpagon, promeson de eĉ pli da mono kiam la libro estos liverita... sed krom tio, kaj fakte ĉefe, li liveris anksion. Markuso de longa tempo vringadis siajn cerbo-ĉelojn por eltordi el ili novan ideon, ajnan fajreron kiu povus ĉendi lian imagopovon.

Sed tamen ne.

En lia ideokampo ĝermis nenia nova semo: ĝi novalis jam de monatoj, seka kaj arida. Estis kvazaŭ ĉiu nova ideo estus tuj dispremita de la pezego kiun li sentis sur siaj ŝultroj. Lia unua romano ricevis multajn laŭdojn — inkluzive plurajn internaciajn premiojn — kaj estis preskaŭ senescepte bone recenzita.

Kio estis siatempe la kaŭzo de granda memfiero kaj feliĉo iĝis postnelonge granda fonto de premo kaj memdubo. "Kiel mi povos verki ion same bonan kiel 'La ridetanta mortinto'?" li demandis sin kun angoro. "Ĉio, kion mi verkos de nun estos nepre komparata kun ĝi kaj taksata malpli bona, kaj homoj diros, ke mi estas kvazaŭ magiisto kapabla fari nur unu trukon".

Post la tagmanĝo Markuso komencis trarigardi siajn bretarojn por vidi ĉu eble iu titolo povus revigligi lian imagopovon. En

malhela angulo li rimarkis malnovan romanon kiun li legis an-
taŭ multaj jaroj, kiam li estis en gimnazio kaj lia familio loĝis
en Hungarujo. Temas pri verko de László Tóth, titolita "La ka-
davro en la kabineto", kiun li legis en la originala hungara. Ĝi
estas la lasta en serio de krimromanoj kies ĉefrolulo estas la
sveda inspektoro Lars Åkesson, malvarma kaj malsocietema, sed
genia. Laŭ ties intrigo, oni trovas kadavron en la hejma kabineto
de la inspektoro, kaj en la fino oni malkovras, ke la murdinto
estis fakte la inspektoro mem.

"Ho, mi preskaŭ forgesis pri ĉi tiu romano!" Markuso pensis
ekscitite, turnante la libreton en la manojn. "La intrigo estas ja
sufiĉe originala, kaj la fino tre surpriza. Se mi povus simple verki
ion simile atentokaptan nuntempe!"

Dum horoj li pensadis pri "La kadavro en la kabineto", kaj
cerbumadis pri tio, kiel li povus elpensi intrigon same brilan kaj
rolulon simile interesan. Ju pli da tempo pasis, des pli li komencis
konvinki sin, ke eble li povus simple "inspiriĝi" je tiu romano
kaj ŝanĝi jen-kaj-jenajn detaletojn: la inspektoro estu norvego
anstataŭ svedo; la kadavron oni trovu en la kuirejo anstataŭ
en la kabineto, ktp. Kompreneble malmulte da homoj eĉ scius
pri "La kadavro en la kabineto": ĝi ne estas multe konata ekster
Hungarujo ĉar oni neniam tradukis ĝin en aliajn lingvojn, kaj la
verkisto ne disfamiĝis internacie.

Inspirite, Markuso komencis verki skizon de la romano, sed
poste trovis, ke li eĉ kuraĝas ekverki la unuan ĉapitron. Li estis
leginta "La kadavro en la kabineto" antaŭ longe, sed la suprajajn
detalojn li sufiĉe bone memoris —ne laŭvorte, kompreneble, sed
la ĝeneralajn trajtojn, jes ja.

Post kelkaj horoj da preskaŭ senĉesa tajpado li estis finverk-
inta tri ĉapitrojn, kaj la romano estis jam preninta sufiĉe bonan
direkton.

Tiam, oni laŭte frapis je la pordo.

Markuso preskaŭ elsaltis el la seĝo, ĉar li estis tiom enmem-
iĝinta, ke li ĉesis konscii pri la ekstera mondo. Li ĵetis rigardon al
la horloĝo sur sia skribotablo: la sesa kaj tridek kvin. Oni frapis
denove, insiste, kaj malgraŭ sia emo resti en sia kabineto kaj
daŭre verki, Markuso decidis iri al la ĉefpordo por vidi kiu tiom
insiste interrompas lian subitan verkemon.

"Sinjoro Davis?" forte akĉentita voĉo vokis el la alia flanko de la pordo. "Nepras, ke ni parolu".

Markuso gvatis el la porda luketo, kaj ne povis bone kompreni tion, kion li vidas transe de la pordo. "Kiu vi estas? Ĉu mi konas vin?"

"Ja", respondis la frapinto.

"Mi... mi ne kredas, ke mi konas vin, sinjoro... "

"Vi ja tre bone konas min, sinjoro Davis", asertis Inspektoro Åkesson — kaj li pravis pri tio, kiel pri ĉio, kutime.

La viro ekster lia ĉefpordo ja aspektis ekzakte kiel Markuso ĉiam bildigis al si la ĉefrolulon de "La kadavro en la kabineto": alta, magra, kun maldikaj kaj pinte ciritaj lipharoj, kaj surhavanta nazumon kun ora muntaĵo.

Markuso apenaŭ kapablis balbuti: "Kio... kiel... kial vi estas ĉi tie... ?" "Nu, kompreneble mi estas ĉi tie, ĉar estis krimo, sinjoro".

"Kri— krimo? Mi scias nenion pri ajna krimo... "

"Vi tute bone scias kiun krimon mi esploras ĝuste nun, sinjoro: plagiaton!" La sango de Markuso frostiĝis en liaj vejnoj.

"Malfermu la pordon, mi petas: ni priparolu la aferon klare, vizaĝ-al-vizaĝe, kiel ĝentlemanoj".

Markuso, ankoraŭ ŝokita, obeis, kaj enlasis la timig-aspektan policanon en sian domon. Tiu havis sian kutiman lambastonon kun arĝenta tenilo kiu, kiel legantoj de liaj libroj scias, enhavas kaŝitan ponardon. "Ĉu en la kabineton, sinjoro Davis? Ni iru rekte al nia afero, ĉu ne?" Ne atendante respondon, Åkesson marŝis rekte al la kabineto, kvazaŭ li jam konus la vojon.

Enirinte, li alproksimiĝis al la ankoraŭ ŝaltita komputilo kaj rapide tralegis la tekston videblan tie.

"Ha, mi estas norvego en via versio, ĉu? Mmm... Interese". La inspektoro, ne atendante inviton, sidiĝis antaŭ la komputilon kaj komencis tralegi la verkon de la komenco, dum Markuso, ankoraŭ tro ŝokita por kompreni kio okazas aŭ scii kiel reagi, staris en angulo de la ĉambro, atendante la sekvojn.

"Ja, kiel mi jam diris: plagiato". La inspektoro rapide stariĝis kaj alparolis Markuson de tre proksime. "Vi trompas neniun, sinjoro: vi simple mallerte aliigis detalojn de la okazaĵoj de mia vivo kaj prezentas ilin kvazaŭ temus pri originala verko. Kvazaŭ nura ŝanĝo de sporadaj, jen-kaj-jenaj detaletoj igus ĉi tion inda je eldonado! Kia honto, sinjoro! Kia honto!"

Je tio, Markuso subite revigliĝis kaj respondis kolere: "Mi hontas pri nenio! Kiel vi kuraĝas akuzi min pri plagiato? Mi certe ja inspiriĝis je la intrigo de alia verko, sed, ĉu ne ĉiam estas io en ĉiu originala verko nuntempe, kio venas el aliula imagopovo? Ĉu ne verkistoj rikoltas ideo-semojn el ĉio en sia ĉirkaŭaĵo, el ĉio kion ili vidas, legas kaj aŭdas, kaj filtras tion tra siajn viv-spertojn por naski propran verkon? Ĉu vi mem ne estas farita el la ŝablono de iamaj inspektoroj de krim-romanoj? Ĉu ne via tuta ekzisto fontas el stereotipoj de aparta literatura ĝenro? VI estas plagiato, Inspektoro Åkesson!"

La policano enspiris profunde, kvazaŭ bridante akran respondon, sed limigis sin al la jeno: "Ne pri mi ni parolas nun, sinjoro Davis, sed pri vi. Kaj via krimo".

"Krimo? Krimo?" Markuso ekkriis. "Ĉu krimo ne havu viktimon? Ĉu ĝi ne kaŭzu ian malbonon al iu? Kio estas al vi, aŭ verdire al iu ajn, se por elpensi propran romanon mi inspiriĝis, eĉ profunde inspiriĝis, je io, kion mi iam legis? Ties verkisto delonge mortis, kaj eĉ ne aŭdos prie; ties heredintoj apenaŭ povus plendi pri tio, ke io ajn, kion mi verkus, povus 'forŝteli' el ili ajnan profiton. Ajnokaze, 9 el 10 krimromanoj sekvas la saman sukcesan ŝablonon: estas murdo komence (prefere en ia ekzota medio); la ĉefrolulo-inspektoro, hazarde tie aŭ vokita tien, esploras la krimon; estas amaso da suspektatoj kun ebla motivo; la inspektoro intervjuas ilin, kaj malkovras ĉies sekretojn; kaj fine kunvenigas ĉiujn por riveli la kulpulon. Do kian krimon faris mi, sinjoro Inspektoro, surpaŝante la spurojn de miaj antaŭuloj? Se estas krimo tie ĉi, mi ne povas rimarki ĝin!"

"La krimo kiun mi aludas ne temas pri tio, kion vi forŝtelis de alia verkisto... sed pri tio, kion vi forŝtelis de vi mem!"

Konfuzite, Markuso silentis dum kelkaj sekundoj, kaj demandis: "Kio? Mi ne kom—"

"Vi ŝtelis de vi mem, sinjoro! De vi, kaj de viaj legantoj! Vi menciis, ke 9 el 10 verkoj en via ĝenro sekvas la saman ŝablonon... sed vi povintus strebi verki tiun dekan! Vi kapitulacis dekomence: anstataŭ uzi viajn lertojn kaj viv-spertojn kaj eltordi el ili originalan, eksterŝablonan intrigon, vi lace ŝultrumis kaj sklavece laŭiris la saman vojon jam delonge iritan de viaj antaŭuloj. Ĉu viaj legantoj ne meritas pli bonan klopodon? Ĉu ankaŭ vi ne?"

La verkisto ne sciis kion diri. Li ne atendis trovi sin en vigla filozofia argumento kun enkarnigita roman-rolulo, kaj des malpli esti venkita de li. Li pendis la kapon iom honte, kaj diris: "Mi ne... mi ne scias kion... "

"Ja. Estas en ordo, mia knabo", diris la Åkesson, afable frapetante la ŝultron de Markuso. "Vi devas cerbumi, pensi, digesti... mi lasos vin sola". Li aliris la ĉefpordon kaj malfermis ĝin, kaj antaŭ ol eliri, aldonis: "Mi antaŭĝuas ne esti en via venonta romano, sinjoro... en ajna formo, aŭ kun ajna alia nomo". Li komencis fermi la pordon malantaŭ si, kaj Markuso aŭdis lin flustreti al si grumble: "Mi, norvego! Pa!" antaŭ ol eliri.

Markuso restis senmova kelkajn sekundojn, provante ordigi en sia menso la ĵusajn okazaĵojn. "Ĉu vere... ? Ĉu vere li... ?" Li rapide remalfermis la ĉefpordon kaj rapidis eksteren, sed rigardinte dekstren kaj maldekstren, li vidis neniun: nur silentan, malplenan straton.

Li reenvenis en la domon kaj sidiĝis antaŭ la ankoraŭ ŝaltitan komputilon. Li decidis relegi de la komenco tion, kion li estis verkinta. La voĉo de la Inspektoro reeĥiĝis en liaj oreloj surdige; ju pli Markuso legis, des pli li rimarkis nur la fuŝojn, la banalaĵojn, la memevidentajn provojn ŝanĝi aferojn por distancigi sian verkon disde "La kadavro en la kabineto"... kaj li hontis.

La verkisto sidis antaŭ la klavaro dum kelkaj minutoj, mediteme, la kapon mallevitan. Finfine, tamen, rideto aperis sur lia vizaĝo, kaj liaj okuloj heliĝis. Ekscitite, Markuso forigis ĉion antaŭe skribitan, kaj, en la nun ne plu timiga blanka paĝo, li skribis la jenon:

"Estas rakontoj kiuj priskribas nekredeblajn okazaĵojn; mergas la legantojn en atentokaptan, ekscitan intrigon; kaj iompost-iome senvualigas al ili pensigan, originalan misteron. La jena, espereble, liveros tion, kaj pli. Tamen, kiel la plej bonaj rakontoj (kaj la vivo mem), ĉio komenciĝas per nepriskribebla enuo... "

Debra Hamel

Ridindaj amaferoj

Iomete ĝenis Laŭrenjon, ke Marta prezentis ŝin kiel "la novan knabinon." Temis ne pri la "knabino", kvankam multaj nuntempulinoj verŝajne taksus la vorton infaniga. Kompreneble ŝi ne plu estis knabino, sed kompare kun Marta kaj la aliaj loĝantoj, ŝi verŝajne ŝajnis tia. Tamen Laŭrenjo certe ne estis "nova". Jam de preskaŭ unu jaro ŝi laboris ĉe Pinkresto-Domego, ŝanĝante littukojn kaj puŝante rulseĝojn kaj devigante ridetojn dum la tedaj Bingo-ludoj, kiujn la malpli senilaj loĝantoj ĉiusemajne ludis. Dek unu monatoj impresis kiel eterno, ne komenco! Sed oni devas pagi fakturojn. Tiu posteno estis nur la plej lastatempa en longa serio de okupoj—vartisto de beboj, kelnerino, verŝisto, veturisto de lernejo-buso, kaj tiel plu. Neniu pagis multe, kaj nun—post eksedziniĝo kaj havante preskaŭ kvindek jarojn—anstataŭ bebojn ŝi vartis oldulojn. Nenio en tiu historio estis fierinda; nenio estis tre hontinda.

El la pli ol cent loĝantoj ĉe Pinkresto, Laŭrenjo plej ĝuis Martan, ĉar ŝi estis amuza interparolanto—amuza, se ne ĉiam senchava. Kiam ŝi estis entuziasma aŭ agitita, frazoj eskapis el ŝia buŝo en ŝajne hazardaj kombinaĵoj. Plaĉis al Laŭrenjo imagi, ke la kapo de Marta estis bovlo plena de likvaj vortoj, kiuj kirliĝis kaj ondis kaj foje disverŝis super la randon de la cerbo kaj elbuŝe. Pli realisme, ŝia malklara parolado estis pro frua demenco. Marta plejparte ankoraŭ povis sin prizorgi, do ŝi ricevis nur la trian nivelon de zorgado ĉe Pinkresto. Kiam ŝia sano malpliboniĝos, tiu nivelo altiĝos. Pinkresto servis loĝantojn kun larĝa gamo de bezonoj.

"Mi ne estas tiel nova", Laŭrenjo diris, korektante la prezenton de Marta kaj kapklinante al ŝia parenco, eble nevino aŭ kuzino—Laŭrenjo ne zorge atentis la enkondukon—kiu vizitis el Teksaso. Ŝi lasis la du virinojn sidantaj sur sofo kaj zigzagis inter la aliaj okupantoj de la komuna ĉambro survoje al la oficejo. Tie ŝi vidis, ke la sociallaboristo intervjuis baldaŭan loĝanton. Laŭrenjo ridetis kiam ŝi ekvidis la intervjuiton, ĉar ŝi povis imagi, kio okazos. Por allogi virinojn en maljunulejo, viro nur bezonas havi spirkapablon kaj odori ne tre malbone. Io pli estas bonuso: kapablo paŝi senhelpe, posedo de propraj dentoj. Tiu loĝonto havis abundajn arĝentajn harojn, helbluajn okulojn, kaj la ĉizitajn trajtojn konvenaj al aktoro en televidreklamo pri Viagra. La Pinkrestulinoj estos sorĉitaj ĝis embaraso.

* * *

Kiel Laŭrenjo antaŭvidis, Jerĉjo komencis allogi la grizharulinajn tuj post kiam li enloĝiĝis. Kiam ajn li montris sin en la komuna ĉambro, enpaŝante kun la memfida ĉarmo de George Clooney, kvazaŭa elektro-pulso ŝokis la aron de inoj maljuniĝantaj tie. Koloj etendiĝis. Okuloj heliĝis. Ili rekte sidiĝis, rektige frapetis la harojn, kaj preskaŭ ronronis, se li eĉ ridetis al ilia direkto. La aliaj viroj ĉe Pinkresto ne povis konkuŕi, kaj fakte ili ne vere provis. Sed Jerĉjo ankoraŭ estis amindumanto. Li flirtis, kaj la virinoj kokete ridis, kaj Laŭrenjo rigardis, amuzita de la ridinda spektaklo. Ŝi sentis sin kiel gimnazia instruisto, kiu rigardas lernantinojn ruĝiĝi kaj agi stulte antaŭ la plej populara knabo en la lernejo. Kiel tiu imaga instruisto, Laurenjo povis observi la knabinan konduton kun la klareco de eksterulo, ĉar ŝi ne partoprenis la socion, kiun ŝi rigardis.

* * *

"Se mi estus nur tridek jarojn pli juna…" Jerĉjo diris de malantaŭe. Laŭrenjo staris antaŭ ŝranko fleksite ĉetalie kaj kun la pugo etendita, kontrolante kiom da puraj littukoj disponeblis. Venis en ŝian menson la penso, ke tia eksmode seksevoka rimarko ne plu estus akceptebla ekstere en la reala mondo. Tamen, venante el la buŝo de Jerĉjo, kun lia Viagra-reklama beleco, ĝi impresis kiel petolema anstataŭ perversa, amorveka anstataŭ forpuŝa. Fakte, ŝi agnoskis al si, ĝi estis iomete sveniga. Laŭrenjo ridetis kaj ĵetis rigardon al li trans la ŝultro, kaj li palpebrumis. Ĉu oni ankoraŭ palpebrumas? ŝi demandis al si. Ankaŭ tio ŝajnis eksmoda. Tamen, veninte de li, kun liaj ĉizita makzelo kaj bluaj okuloj…. Ŝi ekkomprenis kun embaraso, ke ŝi komencis ruĝiĝi. Ridinde! Komprenebla li estis bela, sed ankaŭ sufiĉe maljuna por esti ŝia patro. Tamen…. Ŝi rigardis lin forpaŝi laŭ la koridoro, tiel vigle kiel iu stabano. Diable, ŝi pensis. Se vi estus nur dek jarojn pli juna! Aŭ se vi nur ne loĝis en domo por olduloj....

* * *

Foje Laŭrenjo mensogis. Temis nur pri negravaj aferoj, nekonse-kvencaj mensogetoj, kiuj ne povus kaŭzi damaĝon, aparte ĉe laboro. Pro la malforta memoro de multaj loĝantoj ĉe Pinkresto, mensogoj diritaj al ili similas al skribaĵoj en sablo—facile for-viŝitaj. Do kiam ŝi enuis, ŝi distris sin fabrikante malveraĵojn. Tiel pasis la tempo pli rapide.

Marta nun kredis, ekzemple, ke dum la semajnfino Laŭrenjo rendevuis kun bela donĵuano, Edŭardo, kiun ŝi unue renkontis en superbazaro dum ili ambaŭ premis melonojn. Iliaj okuloj renkontiĝis super la akvomelonoj. Sekvis vespermanĝo. Dum deserto li asertis, ke li eĉ ne rimarkis, kion li manĝas, ĉar, li diris, "Mia malsato ne temas pri manĝaĵo. "

"Ho mi!" Marta anhelis, kaj Laŭrenjo ridis.

Marta sidis en rulseĝo antaŭ fenestro en la manĝoĉambro. Ĉe apuda tablo, Laŭrenjo envolvis manĝilojn en unu-uzaj buŝtukoj. Ŝi preskaŭ finis la taskon kaj jam enuis pri tiu mensogo, do ŝi decidis abrupte fini la rakonton—kaj adiaŭi la fikcian Edŭardon. "Nu", ŝi diris. "Mi forlasis la tablon por iri al necesejo, kaj kiam mi revenis, li ne estis tie. Li foriris kaj ne pagis la fakturon! Kiel aŭdaca, ĉu ne? Mi supozas, ke miaj 'melonoj' ne estis sufiĉe maturaj por li. "

Laŭrenjo atendis ridon aŭ alian anhelon, sed anstataŭe Marta ŝajnis skuita.

"Tio okazis al mi!" ŝi diris. "Antaŭ multe da jaroj. Mi estis pli juna kaj pli bela. Sed li! Li estis belega. Li aspektis kiel filmstelulo, kiel Frank Sinatra. Ni iris al tiu restoracio en la urbomezo. Vi konas ĝin. Kun la blua ŝildo. Mi scias kion vi diros: 'Marta, Frank Sinatra estis kantisto. Pri kio vi parolas?' Sed li ankaŭ estis aktoro. Aktoro kaj kantisto. Tre talenta. Li rolis en... kiel ĝi nomiĝis? Ho, mi forgesas. Mi ne komprenas kial li rendevuis kun mi. Tiu belulo, ne Frank. De ĉi tie al eterneco! Sed li estis tiel ĉarma, kaj ni ĝuis la rendevuon, aŭ almenaŭ mi ĝuis, sed mi supozas, ke li ne vere ĝuis, ĉar li iris al necesejo kaj mi atendis longtempe ĉetable sed neniam plu vidis lin! La kelnerino vidis lin foriri. Ankaŭ li ne pagis!"

"Ho ve!" Laŭrenjo diris, kiam Marta fine haltis por spiri. "Viroj! Kiu bezonas ilin? Nu, la perdo estis lia. "

Marta kapjesis, silente konsentante, ke virinoj ne bezonis virojn kaj ke tio estis perdo por ŝia rendevuito, sed vere ŝi ne certis, ĉu iu el tiuj asertoj estis ĝusta. Post tiom da jaroj, la tuta afero ankoraŭ konfuzis ŝin. Kial li foriris? Sed movo ekster la fenestro kaptis ŝian atenton. "Mmm", ŝi senintence diris. La nova loĝanto tieis, vigle paŝante trans la korto. Marta ankoraŭ ne parolis kun li, sed ŝi ne estis blinda kaj ŝi ankoraŭ ne estis morta: Li estis ege bela homo.

Laŭrenjo sekvis ŝian rigardon kaj ankaŭ ekvidis Jerĉjon. "Mmm", ŝi eĥis.

* * *

Dum la venontaj semajnoj, Laŭrenjo pli kaj pli antaŭĝojis vidi Jerĉjon. La du hazarde renkontis unu la alian almenaŭ unu fojon tage kiam ajn ŝi laboris. Li kutime diris al ŝi ion seksevokan sed malnovmodan. Ŝi kutime flirtis ree. Kaj la renkontoj ĉiam lasis ŝin ridetanta. Tio signifis nenion, kompreneble; temis nur pri amuzo. Sed por 49-jara virino estis plaĉe konscii, ke iu ankoraŭ trovis ŝin alloga. Kaj tiel pasis la tempo pli agrable.

Iun matenon, tamen, ŝi sentis sin malsame, ĉar ŝi sonĝis pri Jerĉjo la antaŭan nokton. La sonĝo estis tia, pri kiu ŝi neniam povus priparoli kun iu ajn, ne iam. Kaj nun mensa bildo de li kaj ŝi—nu, mensa filmo fakte—estis gravurita en ŝian cerbon. Do pli ol iam, ŝi antaŭĝojis vidi lin. Ŝi apenaŭ povis pensi pri io alia.

La sonĝo ankaŭ ekpensigis ŝin. Ne antaŭe venis en ŝian kapon la ideo, ke ŝi kaj Jerĉjo povus fari ion pli ol flirti. Sed post la sonĝo, pordo ŝajnis malfermiĝi. Ĉu la ideo estas vere tiel absurda? Ili ja estas plenkreskuloj, ŝi diris al si. Homoj sufiĉe ofte renkontas unu la alian ĉe laboro kaj komencas amaferojn. Kial ŝi ne tion faru? Tamen, la kontraŭargumentoj estis evidentaj: Pinkresto estis malgranda mondo, kie oni ne ĝuas multe da privateco. Ili do ne povus sekretigi amaferon. Se ili seksumus, ĉiuj en Pinkresto eksciis ene de tago, kaj se oni ekster Pinkresto eksciis, la novaĵo povus disvastiĝi rapide. Ŝi aspektus ridinda en sociaj retoj, kaj — pli malbone — preda. Lokaj ĵurnalistoj fervore raportus pri flegejo-laboranto, kiu ekspluatas loĝanton. Neniu povus kompreni, ĉar oni neniam atendus, ke loĝanto en tia ejo povas esti tiel vigla kaj amorveka kiel Jerĉjo. Do nepre ne eblis seksumado, ĉu ne?

Sed tri horojn post sia laborkomenco, Laŭrenjo ankoraŭ pripensis la eblecon de amrilato. Ĉu eble la sonĝo povus realiĝi malgraŭ ĉio? Se jes, kiel ŝi povus komenci la aferon? Kion ŝi diru al Jerĉjo, kiam ŝi poste vidos lin? Ŝi ankaŭ multe scivolis, ĉu li ankoraŭ eĉ kapablas fari tion, kion li faris en la sonĝo. Tio komprenble estis grava konsidero! Ĉu tiaj informoj estas en lia dosiero en la oficejo? Ĉu la sociallaboristo, kiu intervjuis lin, eble demandis pri tio? Nu, ŝi supozis, preskaŭ certe ne. Domaĝe.

Ŝia menso koncentris sin sur la demando de lia sekskapablo kiam subite li apudestis, malfermante la buŝon por diri ion per sia aloga, raŭka voĉo. Ŝia koro ekbatis fortege kontraŭ la ripoj, kvazaŭ ŝaltite per tia elektro-pulso, kia vivigis la monstron de Frankenstein. Tuj ŝi sentis, ke sango ruĝigis la vizaĝon.

"Ĉu vi eble scias — " li komencis. Sed kiam ŝi suprenrigardis por renkonti liajn bluajn okulojn, ili estis fokusitaj aliloke, trans la ĉambro, kie ŝi lasis Martan kaj alian maljunulinon prilaborantajn pri puzlo. Laŭrenjo hazarde sciis, ke mankis al la puzlo peco, sed ŝi dubis ĉu la paro progresos sufiĉe, ke la manko gravos.

" — ĉu la virino tie — " kaj li kapgestis al Marta, "loĝis en ĉi tiu urbo antaŭ ĉirkaŭ tridek jaroj?"

La flirta respondo, kiun Laŭrenjo preparis, ne preterpasis la lipojn. Lia neatendita demando mutigis ŝin. Kial li parolis pri Marta? Kiel Marta rilatis al ilia komenciĝonta amafero? Laŭrenjo sulkigis la frunton dum ŝi provis kompreni la tute ne antaŭviditan temon.

"Ŝi memorigas min pri iu, kiun mi foje konis," li diris. Li ekrigardis Laŭrenjon, kaj nun li envice estis konfuzita, ĉar ŝia esprimo ne kongruis kun la konversacio. "Estas amuza afero, mi supozas. Mi venigis virinon al restoracio por vespermanĝi, kaj dum mi estis en necesejo, ŝi foriris! La kelnerino sciigis min antaŭ ol mi revenis al la tablo. Do mi pagis la fakturon kaj iris al drinkejo laŭstrate por droni la bedaŭrojn." Li ridis.

Laŭrenjo staris kvazaŭ glaciiĝinta.

"Fakte mi ne estas certa, kial mi volus denove vidi la virinon, sed ial mi ne forgesis ŝin. Nu, mi supozas, ke ŝi ne estas la sama. Tre malverŝajne, ĉu ne?" Li rigardis Laŭrenjon, atendante ĝis kiam ŝi diros ion.

Laŭrenjo kapskuis pro la ironio. Ĉi tiun rakonton ĵurnalistoj raportus ne nur fervore sed favore: Du olduloj retrovas unu la alian tridek jarojn post kiam ili unue rendevuis. La publiko ekamus la paron.

"Tre malverŝajne", Laŭrenjo eĥois.

Trans la ĉambro, Marta triumfe enmetis puzlo-pecon.

Jerĉjo ankoraŭ staris apud ŝi, esperante ekscii ĉu li fakte trovis sian longe perditan rendevuiton. Finfine, Laŭrenjo respondis. "Mar…Manjo transloĝiĝis ĉi tie el Teksaso antaŭ kelkaj jaroj, post la morto de sia edzo, por esti proksime al nevino. Do mi supozas, ke ne eblas, ke ŝi estas la sama. Ŝi estas aminda", Laŭrenjo aldonis, "sed ofte konfuzita. Ŝia demenco estas tre progresinta."

Almenaŭ parto el tio estis vera.

La bona humoro de Jerĉjo ŝajnis forflugi. "Domaĝe", li diris, sulkefronte. Li denove rigardis Martan kaj turnis sin por foriri. "Dankon pro la informoj", li diris malĝoje. Li ne palpebrumis.

Laŭrenjo rigardis lin forpaŝi, ŝajne malpli vigle ol antaŭe. Ŝi estis feliĉa almenaŭ pri tio, ke ŝi ne diris tion, kion ŝi estis dironta. Kia embaraso tio estus! Pri gustoj oni disputi ne povas, laŭdire. Tamen, ŝokis ŝin, ke li preferus maljunulinon en rulseĝo ol ŝin. Ŝia vizaĝo ankoraŭ estis iomete ruĝa, sed la amdeziro, kiu ruĝigis ĝin, jam malaperis, kaj ŝi sciis, ke ŝi neniam denove sentos same pri Jerĉjo. Komprenble, li estis ege tro aĝa por ŝi. Kion diable ŝi pensis? Ŝi agis kiel gimnaziano kiu svenis pro vira instruisto. Kaj imagu! Ŝi kaj Marta esence konkuris pri la sama viro. Ridinde!

* * *

La fakto, ke Jerĉjo kaj Marta (preskaŭ) denove trovis unu la alian post tiom da jaroj, estus sufiĉe por surprizi iun ajn. Sed ne tio tiel skuis Laŭrenjon. Memoro, entombigita sub vivotempo da aliaj spertoj, estis elterigita pro la kohera rakonto de Jerĉjo pri tiu antaŭlonga rendevuo. Ankoraŭ starante en la komuna ĉambro, ŝi fermis la okulojn kaj preskaŭ vidis la scenon: Pezaj manĝiloj envolvitaj en blankaj buŝtukoj el tolo; la malhelaj surmuraj lampoj, kiuj verŝis triangulojn de lumo sur la asprajn brikojn; kaj ŝia profundpoŝita verda antaŭtuko, ligita en la dorso, kiun la flirtema verŝisto foje tiris senlige. Sed tiun nokton li ne tion faris ĉar li parolis kun alia kelnerino, kaj Laŭrenjo havis 19 jarojn kaj enuis kaj — nur por pasigi la tempon pli rapide — ŝi mensogis. Ĉar tio damaĝas nenion, ĉu ne?

Jean de Dieu Kikako

La malfacila vivo dum la milito

Iam en vilaĝo vivis saĝa praavo, kies vortoj estis trezoroj por la vilaĝanoj. Li ĉiam admonis ilin, ke la plej granda riĉaĵo estas paco kaj ke nur per kunlaboro oni povas vivi harmonie.

Dum longa tempo la vilaĝanoj sekvis liajn konsilojn. Ilia vivo estis simpla sed ĝoja. La tero donis abundajn fruktojn, kaj ĉiuj dividis siajn havaĵojn. Ne estis ŝtelo, nek envio—nur frateco kaj komuna prospero.

La praavo havis ununuran filon, kiun li edukis kun amo kaj saĝo. Kiam la filo fariĝis juna viro, li diris al sia patro:

— Patro, mi volas edziĝi. Mi deziras fondi mian propran familion kaj esti sendependa.

La maljunulo ridetis kaj kapjesis. Li jam de longe revis vidi sian filon staranta sur propraj piedoj.

— Bona decido, mia filo, sed memoru: en geedzeco ne ĉiam estos ĝojo. Estos momentoj de elteno kaj pacienco. Ĉu vi jam konas vian fianĉinon sufiĉe bone?

— Jes, patro, mi amas ŝin kaj ŝi amas min.

La patro tuj preparis doton, kaj la junulo iris peti la manon de sia elektitino. La du familioj akceptis la kuniĝon, kaj la vilaĝo festis la geedziĝon kun ĝojego.

Tamen, ilia feliĉo ne daŭris longe. Post du monatoj krevis milito en la regiono. La loĝantoj devis fuĝi, forlasante siajn hejmojn kaj havaĵojn. La junulo kaj lia edzino trovis rifuĝon en kampadejo, kie la vivo estis kruela.

Manĝaĵo kaj akvo estis malabundaj. La malsato minacis ilin, kaj malsanoj disvastiĝis rapide. Kaj en tiu mizero, la edzino eksciis, ke ŝi atendas infanon.

— Kiel mi naskos en loko, kie ne estas kuracistoj, nek medikamentoj? — ŝi plorsingultis.

Bonŝance, kelkaj saĝaj patrinoj en la rifuĝejo jam spertis similajn situaciojn. Ili kunvenis por helpi la junulinon. Dank' al ilia prizorgo, ŝi sukcesis naski sanan knabeton, kiun ili nomis Paŭlo.

Laŭ afrika tradicio, naskiĝo devas esti festata, sed en la rifuĝejo festoj estis nur ombro de la pasinta feliĉo. Ili bonvenigis Paŭlon per simpla manĝo el kolokazoj — la sola manĝeblaĵo, kiun ili havis.

La jaroj pasis, sed la vivo restis malfacila. Foje la familio devis trinki nur akvon kaj enlitiĝi malsata. Kiam Paŭlo fariĝis dek-jara, li rigardis sian patrinon kun serioza mieno kaj demandis:

— Panjo, kial ni alvenis ĉi tien? Kiam ni povos reiri hejmen? Kial ni devas vivi tiel, sen sufiĉa manĝaĵo?

La patrino rigardis lin kun peza koro. Ŝi ne sciis, kion diri. Fine, por ne rompi lian esperon, ŝi flustris:

— Atendu vian patron, mia filo. Li havos respondon.

Tiuvespere, la patro revenis kun simio, kiun li kaptis. Estis rara momento de ĝojo: ili havus supon por la semajna vespermanĝo.

Dum ili sidis ĉirkaŭ la improvizita tablo, Paŭlo ripetis siajn demandojn. La patro ne tuj respondis. Larmoj plenigis liajn okulojn. Fine li diris per tremanta voĉo:

— Filo mia, kiam vi naskiĝis, ni jam kultivis hektaron da kakao. Ni revis, ke kiam vi kreskos, vi ĝuos la fruktojn de nia laboro. Sed la milito forprenis ĉion.

Li spiregis kaj aldonis:

— Mia patro ĉiam diris: "Homoj volas regi aliajn kvankam en la nomo de bono tamen plie igi ilin suferi... " Kaj nun, jen ni, en loko, kie ni neniam pensis esti...

Dum la nokto falis, la patro brakumis sian filon. Kvankam li ne povis doni respondon al ĉiuj demandoj, li sciis unu aferon: ilia amo kaj forto estis la sola espero en mondo skuita de milito.

Wei Yubin

Kiam flugilo rompiĝas

Ĝi estis fajrarda periodo, en kiu revoj flamis kaj vundoj brulvundiĝis. Mi iam kredis, ke la lumo neniam malheliĝos, kaj ke homoj neniam disiĝos. Sed kiam mi retrorigardas la pasintecon, ĉio jam fariĝis nedireble malproksima.

Juneco fine pasos, sed ĝia varmo restas en la koro, senĉese brulanta.

En la sterilizita blanka malsanulĉambro, la odoro de desinfektaĵo enŝoviĝis en ĉiun spiron, glacie malvarmiga kaj senkompata. Lu Hao kuŝis kviete sur la lito, liaj okuloj peze kovrataj per tavoloj da bandaĝo, kvazaŭ la ekstera mondo estus definitive sigelita for de li.

Li iam kredis, ke la korbopilka ludejo estas lia universo kaj la sola kurso de lia vivo. Sed nun, tiuj vortoj, malvarmaj kaj senemociaj, ĉion disbatis:

"Via sportkariero eble finiĝis."

La tempo ŝajnis frostiĝinta. Nur tiu juĝo, ripetiĝanta kiel obtuza eĥo, ŝvebis tra la malplena ĉambro, kruele nuligante ĉian esperon.

Ekstere, la sunradioj trairis la fendecajn kurtenojn kaj ĵetis pecetojn da lumo sur la muroj. Sed kiom ajn brila la lumo, ĝi ne povis penetri la mallumon, kiu kreskis en lia animo.

En tiu momento, li ree vidis la korbopilkon flugi laŭ la perfekta arka linio en la aero kaj elegante fali tra la retkorbo, dum la sonoj de gajaj aklamoj ĉirkaŭis lin. Sed la realo, kiun li nun alfrontis, estis silento — senfunda, premega, neevitebla.

"Estas tempo ŝanĝi la bandaĝojn."

Milda voĉo subite rompis la silenton.

Li ne respondis. Malfermi la okulojn ŝajnis senutile, ĉar la mondo ĉirkaŭ li estis ĉirkaŭita de mallumo kaj tute ne videbla tra la pezaj bandaĝoj. Sed tuj poste, li sentis varman manon tuŝi lian frunton. La tuŝo estis milda, preskaŭ nerimarkebla, tamen ĝi ŝanceliĝis tra lia frostiĝinta konscio, kiel printempa vento super frosta lago.

"Mi estas Bai Ling, via respondeca flegistino."

Ŝia voĉo estis mola sed firma, enhavanta varmon, kiun li ne povis rifuzi.

Ŝi komencis malfermi la bandaĝojn. Kiam la lasta tavolo estis forigita, Lu Hao malfermis siajn okulojn. Kvankam la mondo restis nebula kaj konfuzita, li povis distingi la konturojn de la ĉirkaŭaĵo. La lumo estis forta, sed ankaŭ dolora. Ŝia vizaĝo estis nebuleca, sed bela, kun ridetantaj okuloj kaj kora, milda esprimo.

Tiu rideto estis kiel lumo en la mallumo, preskaŭ nesentebla, tamen sufiĉe forta por skui lin.

"Vi scias?" Ŝi ridetis ludeme. "Viaj okuloj estas tre belaj."

"Belaj?" Li malforte ridetis, la sono de lia voĉo estis raŭka. "Ĉio antaŭ mi estas nebula, kiel tra vualo."

Bai Ling ne kontraŭis. Ŝi nur levis lian manon kaj metis ĝin en la sian, ŝia voĉo plenis je konvinko:

"Ne rezignu. Obeu la kuracistojn. Vi resaniĝos."

Tiun momenton, li restis silenta. Li simple lasis tiun varmecon tralikiĝi tra liaj fingroj kaj flui en lian koron, kiel la lasta fadeneto de espero en la abismo.

* * *

Tagoj pasis, kaj la malsanulĉambro restis lia limigita mondo. Li dronis profunde en pensoj, kaptitaj inter memkulpigo kaj malespero.

Sed Bai Ling ne foriris. Ĉiutage ŝi envenis kun freŝaj fruktoj kaj kelkaj muzikokasedoj, kaj ŝia rideto estis senŝanĝa, ŝia voĉo ĉiam milda.

"Kiel vi fartas hodiaŭ?" Ŝi sidis ĉe lia lito, lerte senŝeligante pomon. La poma ŝelo malvolviĝis en perfekta spiralo, pendante en la aero.

"Sufiĉe bone", li respondis, akceptante pecon da pomo, ĝia dolĉa suko plenigis lian buŝon.

"Mi havas iun por vi renkonti." Bai Ling lude palpebrumis.

"Renkonti?"

"Jes. Ŝia nomo estas Liu Yun. Ŝi iam estis korbopika ludisto en la armea. Vi certe ŝatos ŝin."

* * *

La unuan fojon, kiam Liu Yun eniris la ĉambron, Lu Hao rigidiĝis.

Kvankam lia vido restis nebuleca, li povis senti ŝian ĉeeston — io en ŝi estis nesolveble forta, brila, kiel fajrero en la mallumo.

Ŝi portis verdan soldatuniformon, kun sinteno rekta kaj firma kiel juna poplo en la vento. Nigraj haroj glitis sur ŝiajn ŝultrojn, kaj kvankam ŝi ridetis, en ŝiaj okuloj estis fajro, fajro de decido, forto, kaj eble eĉ iom da kaŝita defio.

"Saluton, mi estas Liu Yun."

Ŝi etendis la manon.

Post ioma hezito, li prenis ĝin. La kontakto estis mallonga, sed en ĝi ŝprucis fajrero de io neesprimebla.

Tiel komenciĝis iliaj konversacioj — pri korbopilko, pri revoj, pri la matĉoj, kiuj iam plenigis iliajn vivojn.

Unu fojon, dum ili parolis, Liu Yun subite rimarkis:

"Viaj okuloj... Ili aspektas kiel steloj."

Lu Hao ekhaltis.

Iom post iom, la ombro en lia koro komencis retiriĝi.

* * *

Sed la resaniĝo ne iris kiel atendite.

La fina diagnozo venis kiel mortbato: "Via sportkariero definitive finiĝis."

Tiun tagon Liu Yun staris ĉe la pordo. Ŝia rigardo estis profunda kaj plena de vortoj ne eldireblaj.

"Se vi vere volas daŭrigi ludi, mi povas helpi trovi solvon."

Li rigardis ŝin, ridetante amare.

"Kaj kion mi faros? Spekti la ludon de la flanko?"

Liu Yun premis la lipojn. Ŝi volis kontraŭi, sed fine, ŝi restis silenta.

Tri tagojn poste, Lu Hao foriris de urbo B, ne adiaŭante.

* * *

La urbo C estis malgranda kaj kvieta, tute malsama al la bruo kaj vigleco de urbo B. La montoj en la distanco etendiĝis kiel malhelverdaj ondoj, kaj la tagoj fluis simple kaj sen troaj tumultoj.

Lu Hao estis dungita kiel sportinstruisto en loka elementa lernejo. Ĉiutage li rigardis la infanojn kuri kaj ridi sur la ludejo, iliaj facilmovaj paŝoj eĥis kiel sonĝoj forblovitaj de la vento.

"Sinjoro Lu, ĉu vi iam estis korbopilkludisto?" demandis knabeto kun brilaj okuloj.

Lu Hao ridetis. "Kial vi tiel pensas?"

"Vi ĵetas la pilkon tre precize", la knabo respondis. "Vi estas kiel heroo en filmo!"

Lu Hao ripozigis la manon sur la knaban kapon. En tiuj okuloj li vidis sian pasintan version — la knabo, kiu iam kredis, ke nenio en la mondo povus haltigi lin.

Sed vivo ĉiam trovas manieron remeti homojn sur malsaman vojon.

Dum la jaroj pasis, li alkutimiĝis al ĉi tiu trankvila ekzisto. La korbopilkludo ne plu estis lia mondo, sed nur silenta memoro, kiun li foje pririgardis de malproksime, kiel stelon en la nokta ĉielo, ĝis tiu tago, kiam li ricevis neatenditan novaĵon.

* * *

Ĝi estis rutina tago — li ĵus finis lecionon kaj eniris la oficejon, kiam la direktoro venis kun rideto.

"Lu Hao, iu venis por viziti vin."

"Viziti min?"

"Jes, ŝi diris, ke ŝi estas via malnova amikino el urbo B."

Li hezitis.

Kiam li eliris, virino staris sub la platano ĉe la lernejkorto.

Ne plu en soldatuniformo, sed en eleganta tajlorita mantelo. Ne plu kun kaŭĉukaj ŝuoj, sed kun ruĝaj altkalkanaj ŝuoj.

Liu Yun.

La vento levis kelkajn foliojn, kaj dum momento, la tempo ŝajnis fiksiĝi.

"Lu Hao", ŝi vokis lin, ŝia voĉo estis kvieta sed kun tono, kiun li ne aŭdis de longe.

Li paŝis al ŝi, sentante, ke io en li lante, neeviteble reviviĝas.

Ili iris al malgranda teĝardeno en la urbocentro. La sunlumo filtriĝis tra la bambuaj fenestrokradoj, ĵetante molajn ombrojn sur la tablon inter ili.

Liu Yun prenis sian tason, sed ne tuj trinkis. "Mi serĉis vin", ŝi fine diris.

"Mi sciis", li respondis malrapide. "Bai Ling menciis tion."

Ŝi levis la brovojn. "Do kial vi neniam kontaktis min?"

Li rigardis sian teon. "Mi pensis, ke eble ne plu necesas."

Ŝi ridetis, sed en ŝiaj okuloj estis io, kio ne plene spegulis ĝojon. "Vi scias? Kiam vi foriris sen vorto, mi... mi koleris. Mi pensis, ke vi fuĝis."

"Mi ja fuĝis", li konfesis. "Sed ne for de vi. Mi fuĝis de mi mem."

En la teĉambro regis silento, nur la milda sono de malproksima radio plenigis la interspacojn.

"Mi ricevis novan postenon en sporta organizo", Liu Yun fine diris. "Mi nun trejnas junajn atletojn."

"Estas bone", li kapjesis. "Tio ĉiam estis via vojo."

"Sed kion pri vi?" Ŝi rigardis lin rekte. "Ĉu vi vere estas feliĉa ĉi tie?"

Li pensis. Li pensis pri la infanoj en la lernejo, pri la simplaj, senpretendaj tagoj, pri la trankvileco, kiun li trovis en ĉi tiu malgranda mondo.

Kaj li ekkomprenis—feliĉo ne ĉiam estas brilego aŭ venkoj. Foje, ĝi estas la kapablo akcepti, ke kelkaj aferoj ne plu apartenas al vi.

"Jes", li fine respondis. "Mi estas."

Liu Yun rigardis lin longe, kvazaŭ ŝi serĉus ion en lia esprimo. Poste ŝi levis sian tason kaj ridetis.

"Bone", ŝi diris softe. "Tiam mi ĝojas por vi."

Sed kiam ŝi foriris, ŝiaj paŝoj sur la planko sonis kvazaŭ eĥo el alia tempo, kaj Lu Hao sciis—kelkaj aferoj eble estis finfine finitaj.

* * *

Tiu vespero, kiam li hejmeniris, sur la ĉielo pendis la plenluno kaj la lunlumo tremis sur la surfaco de la rivero.

Li rememoris la tagojn en urbo B, la korbopilkan ludejon, la sonon de la pilko resaltanta, la fervoron de la homoj, kiuj iam estis parto de lia mondo.

Kaj Liu Yun.

Ŝi estis lumo en lia juneco, same kiel li estis lumo en la ŝia. Sed foje, eĉ la plej brilaj lumoj ne signifas, ke oni devas iri la saman vojon.

Li eksidis sur la sojlo de sia domo, rigardante la stelplenan ĉielon.

Kaj en lia koro li sciis—li finfine estis libera.

Steven Cybulski

!

"Tro da krisignoj! Oni pensos, ke ni frenezas." Mi helpas mian partneron redakti tekston kernan por nia entrepreno.

"Nu, eble", li diras, "sed emfazo bezonatas."

Ni do emfazu sen interpunkciaj ekscesoj. Dum li cerbumas antaŭ la malneto, mi iras al la kelo por viziti nian gaston.

"Mi petegas!" krias la junulino alkatenita al muro. "Lasu min hejmeniri!"

"Ni verkas leteron kiun akompanos donaco", mi diras. "Kiun fingron kaj kiun okulon plej ŝatas viaj gepatroj?"

Mia partnero rapidas al mi dum mi faras la emfazilon. Li gapas, sendube pro admiro. "Ĉu ne?" mi diras. "Unu krisigno sufiĉos."

Lurdes Oliveira

Kreema Infano

Kiam mi estis infano, mi desegnis dometon kun ruĝaj floroj sur verda tegmento, sed mia instruistino riproĉis mian malsaĝon.

Kiam mi pentris rozkoloran knabinon kun blua hararo kune kun flava knabo, ŝi admonis min pro mia aĉa kreemo.

Ankaŭ la blanka hundo kun oranĝkoloraj cirkloj sur la dorso kaj la purpura kato ne plaĉis al ŝi.

"Necesas, ke vi lernu pri la reala mondo, knabinaĉo. " – ŝi diris al mi.

La tempo pasis.

Mi ne perdis mian kreeman imagon, sed mia instruistino ja gajnis ion.

Hieraŭ mi renkontis ŝin. Ŝi nun havas verdan hararon kaj promenigas rozkoloran hundeton kun unikorna ĉapelo.

Debra Hamel

Ne krokodilu!

"Saluton!" Joĉjo respondas la telefonon Esperante, vidinte ke la vokanto estas Brajeno, kiu venos ĉe li por Esperanto-babilado. "Ĉu vi survojas?"

"Mi ĵus enaŭtiĝis. Sed mi volas antaŭsciigi vin, ke mi bedaŭras. "

"Kio okazis?!" Joĉjo demandis, maltrankvila.

"Ĉi-matene mi krokodiliĝis. "

"Ho, nur ŝerco!" Joĉjo ridas. "Sed vi celas 'krokodilis.'"

"Dankon pro via longdaŭra amikeco. "

"Ĉu ĉio estas en ordo, Braĉjo?"

"Mi baldaŭ tieos. "

Aŭdinte frapeton, Joĉjo malfermas la pordon. Surperone staras krokodilo alta ses futojn portanta t-ĉemizon de la Montreala UK. "Kio the f—" Joĉjo komencas diri, dulingve.

Ankaŭ la sekvaj sonoj ŝajnas esti Esperanto-angla miksiĝo: maĉu munch yummmm!

Jorge Rafael Nogueras

Civilizita konversacio

Inspirita de la teatraĵo "Pedro y el Capitán"
de Mario Benedetti

Ĉar aferoj neniam ŝanĝiĝas

Kiam la lumoj ŝaltiĝas, oni vidas malgrandan, malbelan ĉelon, kun grizaj muroj en la malantaŭo kaj dekstre; maldekstre estas fermita pordo, farita el feraj stangoj. Kontraŭ la malantaŭa muro estas malmola, malkomforta lito sur kiu dormas viro (JEĤEKO). En la muro vidiĝas eta kvadrata fenestro kun feraj stangoj, tro alta por ke oni povu vidi tra ĝi.

Oni aŭdas la knaradon de la fera pordo kiu malfermiĝas, kaj envenas viro (KAPITANO KLOPP) kun du falditaj seĝoj sub la brakoj. KAPITANO KLOPP surhavas bone gladitan militistan uniformon kaj militistan ĉapon, kiu kaŝas brilan nigran hararon kombitan malantaŭen. De lia zono pendas pistolo en pistolingo.

JEĤEKO vekiĝas pro la bruo kaj malrapide sidiĝas sur la benko. Oni povas vidi, ke lia vizaĝo havas kontuzojn, kaj li strikte tenas la dekstran brakon kontraŭ la korpo, kvazaŭ ĝi dolorus al li. Li estas tre magra kaj surhavas simplajn kaj malpurajn vestaĵojn.

KAPITANO KLOPP
(Malfaldante ambaŭ seĝojn kaj starigante ilin unu antaŭ la alian.)
Bonan matenon, Jeĥeko. Ĉu vi bone dormis?

JEĤEKO
(Malforte kaj lace.)
Same bone, kiel dum la lastaj du monatoj, mi supozas. La pepado de la birdoj ekstere iom helpas...

KAPITANO KLOPP
(Sidiĝante sur unu el la seĝoj.)
Kaj via brako...?

JEĤEKO
(Provante levi la dekstran brakon, grimacante pro doloro.)
Ĝi... moviĝas.

KAPITANO KLOPP
Bonege! Kaj vi jam povas marŝi, ĉu ne?

JEĤEKO
Pene, sed jes.

KAPITANO KLOPP
(Montras per mangesto al la vaka seĝo antaŭ si.)
Do, venu, sidiĝu. Vidu, ĉi-foje esceptokaze ni eĉ povos babili ĉe vi! Pasintsemajne ni ne finis nian konversacion, ĉu?
(JEĤEKO hezitas, kaj rigardas al KAPITANO KLOPP dubeme.)

KAPITANO KLOPP
(Kaĵole kaj amikeme.)
Venu, venu! Ĉi-foje mi bonkondutos. Mi fakte estas tre bon-humora hodiaŭ: estas la naskiĝtago de mia filino! Do, temos pri amika, civilizita konversacio, mi ĵuras. Ni simple... parolos. Nur parolos.

JEĤEKO
(Heziteme leviĝas kaj lamante aliras la vakan seĝon kaj sidiĝas.)
Kaj se ne restas io direnda. .?

KAPITANO KLOPP
Mi esperas, por via propra bono, ke ja restas...

JEĤEKO
Vi rajtas pridemandi min ĝis la fino de la universo, Kapitano Klopp... sed mi neniam perfidos la Ribelulojn.

KAPITANO KLOPP
(Ridetante joviale kaj kliniĝante malantaŭen sur sia seĝo.)
Perfido? Kia malbela vorto, mia kara Jeĉjo! Kiu iam ajn parolis pri "perfido"? Informon, kara, nur informon mi petas de vi...!

JEĤEKO
Tamen, nenian informon mi havas por doni al vi, Kapitano. Nenian.

KAPITANO KLOPP
Ĉu vi ne havas informon? Aŭ ĉu vi havas ĝin, sed malsaĝe ne volas doni ĝin al mi?

JEĤEKO
Ĉu estas diferenco?

KAPITANO KLOPP
Por mi ja estas... ĉar mi ne povas kredi, ke vi ne havas la informon kiun mi bezonas... Male, mi ja povas kredi, ke vi ankoraŭ ne... konvinkiĝis paroli kun mi. Ĉu vi bezonas pli da konvinkiĝo...?
(*Rigardas signifoplene al la vundita brako de JEĤEKO*).
(*JEĤEKO silentas.*)

KAPITANO KLOPP
(*Stariĝante de sia seĝo kaj parolante malŝate.*)
Vi Ribeluloj... estas facile, ĉu ne?, deklari sin tia. La Reĝimo ordigas la socion, donas al ĝi strukturon, antaŭenigas la interesojn de nia lando kaj plifortigas ties pozicion en la internacia rondo... sed vi... ribelas. Estas facile simple kontraŭi aferojn, senvalorigi la agadon de miloj kaj miloj da patriotoj, kritiki kaj paŭti... Sed kion vi fakte faras, vi Ribeluloj...?
(*JEĤEKO daŭre rigardas la KAPITANON silente.*)

KAPITANO KLOPP
Vi scias nur ĝeni kaj malhelpi. Estas homoj, bravaj homoj, kiel Dumviva Prezidanto Peknikk, kiu dum jardekoj devis lukti kaj elteni ĉiajn kritikojn kaj insultojn, nur pro tio, ke li havas klaran ideon pri tio, kiel igi nian patrujon denove glora. Tiam estis tiuj, kiuj ŝajne havis nenian problemon pri tio, ke nia lando suferu ĉiajn hontojn kaj indignojn, sed ne Peknikk! Nur li sciis eltiri nin el la kaĉo en kiun la antaŭaj estroj mergis nin. Tio postulis kuraĝon, decidemon, kaj jes, forton.
Forto estas tio, kion vi Ribeluloj malhavas!

JEĤEKO
Se ni estas tiel malfortaj, kial vi simple ne malatentas nin?

KAPITANO KLOPP
Ĉar eĉ malfortuloj povas ege malhelpi! Malhelpi estas facile, kaj

ĝi neniel postulas povon aŭ pravon. Simpla ŝtono, bone lokita en la ĝusta loko, povus elreligi grandan, fortikan lokomotivon. La Reĝimo simple celas elsarki tiujn eventuale ĝenajn ŝtonojn kiuj povus enmetiĝi en la relojn de nia granda, fortika socio, por ke ĝi ne elreliĝu.

JEĤEKO

Eble se la Reĝimo estus konstruinta fakte fortikan, stabilan socion, ĝi ne tiom timus, ke etaj ŝtonoj povu tiel facile elreligi ĝin...

KAPITANO KLOPP

Mi estu pli klara, kara Jeĉjo, ĉar mi sentas, ke nia konversacio elreliĝis: kie estas Miĥaliĥ Tenn?

JEĤEKO

Nenion ajn mi diros prie.

KAPITANO KLOPP

(Pikite.)

Ni scias, ke vi scias! Ne eblas trompi la Reĝimon: ni scias ĉion!

JEĤEKO

(Kun eta petola rideto.) Krom la kaŝlokon de Miĥaliĥ Tenn, ŝajne...

KAPITANO KLOPP

(Kolere puŝante malantaŭen la dorson de sia vaka seĝo kaj faligante ĝin.)

Ne moku min, aĉulo!!!

JEĤEKO

Trankviliĝu, Kapitano. Vi ĵuris al mi, ke ĉi-foje temos nur pri "civilizita konversacio", ĉu ne...?

KAPITANO KLOPP

(Forprenante sian ĉapon kaj glatigante la hararon malantaŭen por trankviligi sin.)

Do, ne moku min, Jeĥeko. Kaj ne mensogu al mi.

JEĤEKO

Neniam mi mensogas, Kapitano, kaj mi certe neniam mensogis al vi. Por diri nenion oni ne bezonas mensogi. Sufiĉas simple... silenti.

KAPITANO KLOPP
Vi prefere tamen ja ne silentu, kaj diru al mi tion, kion mi volas scii. Kie kaŝiĝas la estro de la Ribeluloj? Mi povas kompreni vian lojalecon al viaj amikoj, eble eĉ iom respekti ĝin, sed je ĉi tiu punkto estas malsaĝe daŭre silenti. Kaj mia pacienco ja havas limon...

JEĤEKO
Kaj kio okazos, kiam ni atingos tiun limon, Kapitano...?

KAPITANO KLOPP
Vi prefere ne eksciu...

JEĤEKO
(Frotante sian vunditan dekstran brakon per la maldekstra.)
Mi tamen havas supozon... la Reĝimo ja havas ununuran armilon: perforton. Ne racion, ne logikon, ne argumentojn: nur perforton. La lingvaĵon de la malfortuloj!

KAPITANO KLOPP
(Alproksimiĝas al JEĤEKO minac-miene.)
Predikon mi ne volas de vi, nur la kaŝlok —

JEĤEKO
Kial vi volas tiun informon? Por ke Tenn estu arestita? Torturita? Mortpafita? Jen la ĉiama finfina solvo de la malkuraĝuloj, ĉu ne? Mortpafi. La Reĝimo ne konstruas, ne inspiras, ne plibonigas. Ĝi mortpafas. Kredeble nur kuglofaristoj bonfartas nuntempe! Sed, se bone pripensi la aferon, eble ne ĉiuj: kugloj ja povus same facile mortigi sian fariston, se tiu nur aŭdacus iel ajn kritiki la Reĝimon, ĉu ne?

KAPITANO KLOPP
(Provante reteni sian koleron, kaj parolante interdente.)
Mia demando estis simpla, Jeĥeko...

JEĤEKO
(Malatentante la KAPITANON.) La Reĝimo ne kapablas diskuti siajn problemojn, malkonsenti kun la kontraŭuloj kaj aŭskulti ties plendojn. Tute ne! Ajna kritiko estas minaco por ĝi, kaj ĝi devas tuj subpremi, forstreki, neniigi. Kion ja farus la popolo, se ĝi pensus, ke ĝi rajtas simple agi laŭplaĉe...!

KAPITANO KLOPP
(Kriante kolere.)
Ĥaoso!!! Jen kio estiĝus: ĥaoso! Se vi Ribeluloj venkus, nia socio denove sinkus en tiun marĉon de anarĥio en kiu ni stagnis dum jardekoj! Estas facile diri belajn frazojn kiel "ĉiu rajtu agi laŭ sia bontrovo" kaj "ĉiu rajtu diri ion ajn", sed ni jam provis tion, kaj estis ĥaoso, malordo, degenero!

JEĤEKO
Laŭ ies vidpunkto, sendube, sed ne la mia, kulahu Dĵa...

KAPITANO KLOPP
(Kolerege vangofrapas JEĤEKON.)
Ne insultu min per via fia lingvaĉo, merdulo!!!

JEĤEKO
(Elteninte la vangofrapon, turnas la kapon kaj parolas kalme.)
Se la Reĝimo volas anatemi tutan genton kaj estigi malamon kontraŭ milionoj el siaj propraj civitanoj, ĝi almenaŭ lernu ties lingvon, ĉu ne? "Kulahu Dĵa" signifas simple "danke al Dio".

KAPITANO KLOPP
(Trankviliginte sin, aspektante iom embarasita.)
Tion mi ne sciis... Ajnokaze, estus pli bone, se ni simple daŭre parolos la—

JEĤEKO
Ĉu vi eĉ scias, kial vi malamas nin? Ĉu vi povus vortumi la fiagon, kiu igis vian "Dumvivan Prezidanton" enprizonigi kaj malaperigi milionojn el miaj samgentanoj?

KAPITANO KLOPP
Nu, ili venigas krimon; ili estas seksperfortuloj; iuj, mi supozas, estas bonaj homoj. Sed ne tion mi volas diskuti, sed kie kaŝiĝ—

JEĤEKO
Mia edzino kaj mia filino malaperis antaŭ kvin jaroj, ne longe post kiam la Reĝimo ekhavis la potencon: ĉu vi sciis tion? Nu, kompreneble vi sciis tion: vi ja scias ĉion, ĉu ne?

KAPITANO KLOPP
(Iom embarasite.)
Nu, se ili estis arestistaj, ili certe faris ion, kio—

JEĤEKO

(Tre trankvile.)

Certe ili faris ion. Ili estis malsamaj. Ili estis "aliaj". Popolo kiu estas konvinkita, ke estas iuj "aliuloj" kiuj respondecas pri ĉiu malbonaĵo en la socio, ne kontraŭbatalos sian registaron. *(Paŭzas)*. Mi neniam vidis ilin denove.

KAPITANO KLOPP

(Enspiras profunde, provante direkti la konversacion aliloken.)

Ĉu Miĥaliĥ Tenn vi tamen vidis lastatempe?

JEĤEKO

(Rigardante preteratente, kvazaŭ la KAPITANO diris nenion.)

Mi ne estis hejme kiam la trupoj invadis nian kvartalon kaj arestis ĉiujn kies nomo ŝajnis tro fremda, aŭ havis tro da "ĥ"-oj... Mi scivolas, kion mi estus farinta, se mi estus tie tiam...

KAPITANO KLOPP

Vi kredeble neniam iĝus Ribelulo, neniam konatiĝus kun Miĥaliĥ Tenn, kaj tial vi estus tute senvalora al mi ĝuste nun...

JEĤEKO

(Mallaŭte, triste, rigardante suben.)

Mi estas tute senvalora al ĉiuj ĝuste nun...

KAPITANO KLOPP

(Kaŭriĝante antaŭ JEĤEKON por rigardi en ties okulojn.)

Ne, Jeĉjo. Ne al mi. Kaj vi povas savi vin! Vi povas helpi min, vian patrujon, kaj vin mem! Vi devas simple doni al mi ian informon, kiun mi povus raporti al miaj superuloj. Kie estas la kaŝejo de la Ribeluloj?

JEĤEKO

Ĉi tie. Tie. Aliloke. Ĉie.

KAPITANO KLOPP

(Konfuzite.)

Kio?

JEĤEKO

La Reĝimo certigis tion. Kie ajn estas surtretita popolano, kiu sekrete malamas la Reĝimon, tie kaŝiĝas Ribelulo. Kie ajn viaj agentoj piedbatis iun, arestis senkiale ies patron, aŭ humiligis ies patrinon, tie kaŝiĝas Ribelulo. Ni estas ĉie. Ĉar vi estigis nin ĉie. Ni ĉirkaŭas vin. Vi estas sieĝata, sed vi ne kapablas vidi tion, ĉar via trofiero blindigas vin pri la fakto, ke la minoritato estas vi.

KAPITANO KLOPP
(Ekkoleriĝante denove.)
Kion vi babilaĉas? La Reĝimo subpremos tiujn viajn Ribelulojn, komencante per ties estro! Mia pacienco jam elĉerpiĝis, Jeĥeko! Diru al mi, aŭ vi putros en ĉi tiu ĉelo!

EĤEKO
(Rigardante ĉirkaŭen.)
Finfine ne estas tiel malbone ĉi tie: mi povas aŭdi la birdojn ekster la fenestro, dormeti laŭplaĉe, kaj revi pri la brila estonteco kiam la Reĝimo estos nur flaviĝinta paĝo en la libroj pri historio.

KAPITANO KLOPP
La fenestron ni povas forpreni, merdulo, kaj enmeti vin en malluman ĉelaĉon!

JEĤEKO
(Flegme.)
Mi ne dubas: tiam la birdojn mi simple aŭdos en miaj rememoroj...

KAPITANO KLOPP
(Pli kolere.)
Povas iĝi pli malbone por vi! La alian brakon ni povus elartikigi! Vi havas dek fingrojn fortranĉeblajn...!

JEĤEKO
(Konsentante flegme.) Mi ja havas...

KAPITANO KLOPP
(Perdinte sian memregon, li elingigas sian pistolon kaj metas ĝin kontraŭ la tempion de JEĤEKO.)
Kaj mi povas simple mortpafi vin ĉi tie kaj nun, hundaĉo!!!

JEĤEKO
(Turnas la kapon supren por rigardi la KAPITANON rekte en la okulojn, sentime.)
Ha. Jen ĝi. La ĉiama finfina solvo de la malkuraĝuloj.

KAPITANO KLOPP

(Ŝokite, iom honte, li deturnas la vizaĝon kaj eningigas sian pistolon.)

Vi... vi parolos. Vi diros al mi tion, kion mi volas —

JEĤEKO

(Ankoraŭ fiksrigardante la KAPITANON.)

Ne.

KAPITANO KLOPP

Mi ne ŝercas: miaj superuloj nepre devas scii, kie —

JEĤEKO

Kion viaj superuloj faros al vi, se vi ne sukcesos eltiri el mi la informon, kiun ili volas?

KAPITANO KLOPP

(Kolere.)

Tio ne zorgigu vin! Vi simple —

JEĤEKO

Ha, mi komprenas... Jen la afero, ĉu ne? Vi vere timas viajn superulojn...

KAPITANO KLOPP

Mi timas neniun! La Reĝimo estas strikta, jes, sed justa.

JEĤEKO

Do nenio okazos al vi, se vi malsukcesos...? Aŭ al via familio?

KAPITANO KLOPP

(Aspektante malcerta.) N — ne...

JEĤEKO

Ĉu en ĉi tia organizaĵo vi volas labori? Kie oni postulas perfektecon, kaj eraroj estas severe punataj?

KAPITANO KLOPP

Tiel estu aferoj! Oni ne toleru fuŝaĵojn!

JEĤEKO

Ĝis kiu grado oni ne toleru erarojn, tamen? Ĝis kiu grado oni ne akceptu devojiĝojn? Ĉu vi ne vidas, ke la sama sistemo, kiu severe punas min, povus same facile engluti ankaŭ vin?

KAPITANO KLOPP
(Malcerte.)
Tio ne... tio ne pov —

JEĤEKO
Vi scias, ke mi pravas: la sola diferenco inter vi kaj mi estas nur tio, ke vi ankoraŭ ne eniris en ilian nigran liston. Tamen, iu ajn povus, iam ajn...

KAPITANO KLOPP
(Heziteme.) Mi ne kredas, ke —

JEĤEKO
Ĉu vi certas? Ĉu vi vetus koste de via libereco? De via propra vivo? De la bonfarto de via familio...?

KAPITANO KLOPP
(Ankoraŭ pli malcerte.)
Al miaj familianoj nenio okazos...

JEĤEKO
Tion pensis ankaŭ mi, iam. Ke mi ĉiam estos tie por defendi ilin. Ke kiel ajn malbonaj aferoj iĝos, kiom ajn da malamo eniros nian socion, niaj najbaroj, niaj kuncivitanoj, ne tolerus pliajn maljustaĵojn. Sed tamen... kiam venis nia vico, estis neniu proparolanto. Ĉu vi vere kredas, ke estus malsame por vi, se viaj superuloj decidos, ke vi ne plu estas sufiĉe efika, sufiĉe lojala, sufiĉe utila...?
(KAPITANO KLOPP silentas, mediteme.)

JEĤEKO
(Enreviĝante.)
Mia filino ŝajne mortis dum oni marŝigis la arestitojn al la koncentrejo —pardonu!— al la Rifuĝejo por Suspektindaj Loĝantoj, kiel la Reĝimo nomas ilin.

KAPITANO KLOPP
Ne povas esti: oni ne permesus —

JEĤEKO
(Amare.)
Oni ja permesis. Ne nur permesis: kaŭzis. Jen unu malplia stomako por nutri en la koncentrejo, ĉu ne?

KAPITANO KLOPP
(Provante konvinki sin mem.)
Tio ne povas esti tiel. Ni ja estas severaj kontraŭ la Ribeluloj — kaj tute prave! — sed oni neniel farus tiajn fiagojn. Vi simple elektas kredi tion, kio laŭas viajn antaŭjuĝojn...

JEĤEKO
Pretervivintoj kiuj eskapis el tiu koncentrejo rakontis tion al mi. Mia filino falis mortlace dum la marŝado, kaj oni simple lasis ŝin tie. Oni eĉ ne enterigis ŝin. Mia edzino mortis postnelonge en la koncentrejo mem, pli pro tristo ol pro malsato kaj malsano.

KAPITANO KLOPP
(Dubeme.)
Tio ne... mi rifuzas kre —

JEĤEKO
Ĉu nun ne estas vi, kiu elektas kredi nur tion, kio laŭas viajn antaŭjuĝojn...?

KAPITANO KLOPP
(Silentas dum momento, ne plu povante kontraŭargumenti, kaj parolas mallaŭte.)
Tio... tio ajnokaze ŝanĝas nenion. Rilate vin, mi celas. Miaj superuloj tenos vin ĉi tie ĝis vi parolos. Aŭ mortos. Simple estas tiel.

JEĤEKO
(Rezignacie.)
Mi scias. Mia sorto estas jam decidita. Mi povos elteni kiom ajn. (Rigardas KAPITANON KLOPP rekte en la okulojn.) Kiam vi fiaskos, kaj viaj superuloj decidos, ke eble ankaŭ vi estas suspektinda, ĉu vi povos elteni kiom ajn...?

KAPITANO KLOPP
(Kun la okuloj plenaj je timo.)
Tio ne... tio ne okazos!
(JEĤEKO stariĝas pene, kaj malrapide lamas al sia lito.)

KAPITANO KLOPP
(Gapante nekredeme.)
Kion vi faras? Revenu! Vi ankoraŭ ne diris al mi kie —

JEĤEKO
(Enlitiĝinte, li turnas la dorson al la KAPITANO.)
Ne.

KAPITANO KLOPP
Ni devas fini nian civilizitan konversacion, Jeĉjo. Endas, ke mi raportu al miaj superuloj pri la kaŝejo de—

JEĤEKO
Ne.

KAPITANO KLOPP
(Iĝante iom senespera.)
Bone, restu tie en via lito se vi volas, sed donu al mi ajnan informon. Ekzemple, en kiu urbo estas la kaŝejo? Ĉu en—?

JEĤEKO
Ne.

KAPITANO KLOPP
Ne temas pri perfido, Jeĉjo! Nur pri iomaj detaloj! Neniu ajn iam ekscios, ke estis vi, kiu—

JEĤEKO
Ne.

KAPITANO KLOPP
(Kaĵole.)
Jeĉjo, mi estis afabla kun vi! Vidu kian bonan ĉelon vi havas, danke al mi! Eĉ kun fenestro! Ajnan informon, kiun mi povus raporti, estus—

JEĤEKO
Ne.

KAPITANO KLOPP
(Kriante malespere.)
Mi petegas, Jeĉjo! Vi... vi pravis! Miaj superuloj ne estas viroj komprenemaj! Mi ion devos raporti al ili! Mi ja ne scias kion ili... Bonvolu! Io ajn, kion vi povus diri al mi, eĉ eta detalo, povus savi mian—

JEĤEKO
Ne.

KAPITANO KLOPP

(Paŭzas momenton, kaj kriegas kolerege.)

Fek' al vi, do! Vi mortos ĉi tie, hundaĉo! Mi certigas tion al vi!

JEĤEKO

(Post ioma paŭzo.)

Mi ne dubas. Mi mortos ĉi tie, ĉirkaŭata de la memoroj de mia familio, de la pepado de la birdoj, kaj de miaj principoj. Ĉu vi povos diri la samon, kiam estos via vico? (Paŭzas momenton). Nun lasu min sola: mi ripozu antaŭ ol mi vojaĝos al la Pretero kaj reunuiĝos kun miaj familianoj, kulahu Dĵa...

(KAPITANO KLOPP restas senmova, senkonsila, venkita, provante elpensi kion alian diri, sed finfine klinas la kapon rezignacie. Li refaldas ambaŭ seĝojn kaj eliras el la ĉelo senvorte, fermante la pordon malantaŭ si.)
(JEĤEKO komencas fajfi melodion.)
La lumoj komencas malŝaltiĝi. Al la fajfado de JEĤEKO aldoniĝas la pepado de birdoj. La sceno iĝas tute malluma, kaj la fajfado ĉesas, sed la pepado de la birdoj aŭdiĝas kelkajn pliajn sekundojn.

FINO

Evgenij Georgiev

Ara

libreto

ROLULOJ:

Ara, alloga virino, kosma biologo, ano de la ekspedicio "Pozitrono" (soprano)

Stefan, okulvitra viro, mekanikisto, ergonomisto, ano de la ekspedicio "Pozitrono" (baritono)

Lozi, korpulenta viro, energetikisto, ano de la ekspedicio "Pozitrono" (baso)

Kĥejervalg, gvidanto de burutanoj, loĝanto de la planedo Burut (baso)

Nona, vaganta aŭguristino, onklino de Ara (kontralto)

Kermer, ĉefoficiro de la sekuriga servo el la planedo Ferpu, cibernetika organismo (tenoro)

Gerbert, inĝeniero-elektronikisto (tenoro)

Doktoro Rozenholc, profesoro pri siliciaj vivoformoj (baritono)

Burutanoj

Servistoj-burutanoj

Batalistoj-burutanoj

Burutano ĉe arbotrunko (tenoro)

La 1-a gardisto-burutano (baritono)

La 2-a gardisto-burutano (tenoro)

Laboratoriistoj

Kosmoŝipa navigilo (nekantanta)

Infano el embriejo (nekantanta)

Roboto sur raŭpoj (nekantanta)

La mizera roboto (nedifinebla)

Vilulo, kosma pirato el la planedo Korodon (nekantanta)

La aktoj okazas en la kosma spaco, en la planedoj Burut kaj Ferpu ekster la Sunsistemo kaj ankaŭ en la Tero.

Akto 1

Uverturo

Sur grandega blanka ekrano, kiu ŝirmas la tutan scenejon, per projekciilo estas vidigata bildo, imitanta koloran gazetan paĝon el la rubriko de anoncoj. Videblas tri anoncoj, el kiuj la dua estas emfazita per tiparo kaj bunta kadro.

1. Teksto de la unua anonco (supre): "Estas serĉata la fuĝinta roboto-infanvartisto sub la unika identiga numero BE375X. La trovinton oni petas ŝalti la dorman reĝimon kaj voki robotopriservan firmaon per la telefonnumero, indikita sur la kovrilo de la regadbloko. "

2. Teksto de la dua anonco (meze): "Por la internacia scienca ekspedicio "Pozitrono" bezonatas volontuloj. Flanka celo de la ekspedicio estas kolekti kaj recikli rubon el aparte poluitaj planedoj. Diplomo pri universitata edukado kaj kosma licenco nepras. Telefonnumero 211B1D21201F1E1C201B22."

3. Teksto de la tria anonco (malsupre): "Estas vendata antaŭe uz-ata kosmoskutilo kun plena kompleto da gravitaj kulasoj. La tek-nika stato bonas. Telefonnumero 211C1B1E1F1E201D1A211D."

Poiome la bildo malrapide blankiĝas ĝis la momento, kiam ĝi tute malaperas. Samtempe ĉesas la muziko. Tiam oni forigas la ekranon; manifestiĝas dekoracioj de la Sceno 1.

Sceno 1

Sur la scenejo videblas parto de granda kosmoŝipo, troviĝanta sur la kovrita de montetoj kaj ĝangalo pejzaĝo de iu planedo. Pordo de la kosmoŝipo malfermiĝas, descendas tri figuroj de astronaŭtoj en blankaj skafandroj, portantaj kestojn kun iloj kaj aparatoj. Ili singarde ĉirkaŭrigardas, faras hezite kelkajn paŝojn, surgrubdigas la kestojn kaj demetas helmojn.

Stefan:
Tre bonas l' atmosfero.
Similas vere
Al tiu de la Ter' gepatra.
Sinjoroj volontuloj,
Hodiaŭ estos
Bona, fruktodona tag'.

Lozi (*kun ĉagreno*):
Tiom da parsekoj. Pro kio? Por kio?
Kaj kion en sekvo?
Alian planedon
Ni devus elekti,
Proksiman, ĉe la Nebulozo Rubena,
Ĉe la konstelacio de Cigno, finfine.
Aŭ resti en Satrapo.
Se ni la brulaĵon ne ŝparas,
Almenaŭ valoron sciencan, esplorindecon
Ni devas konsideri.
Pri tio ke ĉi lok'
Interesaĵon donacos
Mi dubas firmege.
Jam paŝis ĉi tie la teranoj, markita ĝi estas
En ciuj mapoj.

Ara (*donante al Lozi iun aparaton*):
Ho, ĉesu grumbleti!
Pli bone kontrolu konsiston de grundo.

Stefan (*post rigardo al ekrano de sia aeranalizilo, simila al brakhorloĝo*):
Jen oksigen' je abundo!
(*Rigardas ĉirkaŭe.*)
Kaj tute mankas rub'.

Ĉiuj okupiĝas per esplorado de la loko, iom disiras.

Lozi:
Kiel strangas ĉi loko…
Kaj kvazaŭ

Min mordus la antaŭsentoj malbonaj,
Eĉ nigraj.
(*Demetas grundanalizilon, staras konsterniĝe.*)

Stefan (*ŝerceme*):
Danĝeron alportas,
Danĝeron alportas,
Semajna flugado kaj ĉi kosma risko!
Ho ve, malfeliĉo! Jen malfeliĉo!
Kaj specialisto,
Homo tre klera fariĝas...
Fariĝas
Viktimo kutima de la superstiĉo!
Hahaha!

Ara (*turninte al la kosmoŝipo*):
Ts, knaboj!
Informon ni petu, informon!
El navigilo nia.

Flanke de la kosmoŝipo io krakas, testiĝas nevidebla laŭtparolilo.

Kosmoŝipa navigilo (*per malagrabla mekanikeca voĉo*):
Unu, du, tri...
Mortu, bopatrin'.
Ekstera laŭtparolil' funksias.

Ara (*Al Lozi*):
Bonvolu ŝanĝi testmesaĝon.

Lozi (*kun rideto*):
Bone.

Kosmoŝipa navigilo (*per la sama voĉo*):
La planedo Burut (kun meza gravito), ordonumero 1632 en la universala katalogo de malmulte esploritaj planedoj. Atmosfera gasmiksaĵo laŭ multaj karakterizoj superas la Teran aeron. Troveblas unikaj ekzempleroj de plantoj, animaloj, fungoj. Akvo mankas. Bakterioj mankas. Anstataŭe ĉeestas protozooj kun nutra

funkcio, kiuj, laŭ disponeblaj sciencaj konkludoj, estas io meza
inter fotonoj kaj ĉeloj. Dum evoluo fungoj atingis altan nivelon
de ĝenerala disvolviĝo. Post la tria loka funga milito el la medio
apartiĝis indiĝenoj – tribo de burutanoj, kies sola nutraĵo estas
Akkadus Percea – esence mola ŝimo, verda kun blankaj fadenoj.
Ĉian ceteran manĝeblaĵon ili ignoras pro neklara kialo. La plej
grandaj vilaĝoj entenas 500-550 kabanojn. La ĉefa materialo por
elfarado de loĝejoj kaj de hejmuzadaj ĉiutagaĵoj estas firmegaj
senbranĉaj arboj, kies trunkoj etendiĝas profunde grunden. La
politika sistemo estas reprezenta demokratio. Ekzistas gvidanto
kaj kunveno de estimatuloj.

Lozi:
Eksterteranoj, nutrantaj sin
Per verdaĵo…
Hm… Monstroj, fakte.
Ĉu homaspektaj?
Rimedojn ne havas ni eble!
Armilon solidan bezo…

Ara (interrompas):
Ho, kara Lozi,
Pri monstroj vi prisilentu.
Ne pruvos vi alibion.
Pli bone pentu:
Hieraŭ vi manĝis
Tunon da vasabio.

Lozi (ofendite):
Ne estas mi voremulo,
Sed manĝi mi ŝatas fojete.

Stefan:
Ĉu tian vi manĝis?
(Montras iun gluecan malhelverdan substancon, disŝmiritan sur la
propra skafandra ganto.)
Vi, burutan'!
(Ridas.)

Ara:
Kie vi trovis ĝin?

Stefan:
Rekte sub miaj piedoj.
Fekundas la grundo, plenplenas de predoj!

Ara (*proksimiĝas al Stefan, prenas lian manon, atente rigardas al la ganto*):
Laŭas priskribon ĉi tiu trovaĵo.
Ĝi transpiras.
Ni ĝin testu
En laboratorio.
Sed specimenoj pli multaj
Estu.
En vepron ni iru
Ne miru, amikoj, ne miru!
Ni iru…
Ni estas tie ĉi por labori.

Ara prenas ne plu uzatajn aparatojn kaj metas ilin apud la kosmoŝipa pordo. Poste ŝi rezolute paŝas al la kontraŭa flanko de la scenejo kaj foriras.

Lozi:
Kolegoj!

Stefan:
Kio?

Lozi:
Kolegoj!

Stefan:
Kio?

Lozi:
Kolegoj!

Stefan (*incitite*):
Kio okazis? Kio?
Kion vi volas?
L'ekspedicion ne fuŝu.

Lozi (*paŭte*):
Pistolon mian laseran
Mi, ŝajne, ne ŝargis.
Atendu!

Stefan ordigas okulvitrojn, neglekte mansvingas, hastas sekvi al
Ara kaj same foriras.

Ara (*de post la kulisoj*):
Ni estas tie ĉi por labori.

Lozi (*paŭte*):
Labori, labori…
Labori mi pretas,
Sed…

Aŭdiĝas miaŭadaj kaj parte ĝemaj sonoj, kvazaŭ demalproksime.

Lozi:
Atendu, amikoj!
Sen mi vi ĉion misfaros.
Energiŝparan reĝimon
Mi ŝaltu nur.

Lozi elprenas teleregilon, direktas ĝin al la kosmoŝipo, premas
butonon. Iom hezitinte, li paŝas al la kosmoŝipa pordo kaj eniras
enen. Post kelkaj sekundoj li reaperas kun futurece aspektanta
lasera fusilo. Ĝi estas sufiĉe granda kaj li metas ĝin sur sian
ŝultron.

Lozi (*ŝancelpaŝe malrapide foriras de la scenejo kun la fusilo surŝultre*):
Neniu scias kion kaŝas
Planed' ĉi tiu
En sino sia
Fungoriĉa…

Sceno 2

Densa ĝangalo el io tre simila al lianoj etendiĝas maldekstre. Ĝuste de tiu flanko pene tra la densaĵoj eliras la astronaŭta triopo. En la dekstra flanko troviĝas maldensejo, kie ronde staras amaso el deko da burutanoj. Ili ĉiuj estas homaspektaj, sed plene verdaj (vizaĝe kaj korpe). Ĉiuj havas pli longformajn (kompare al la homaj) orelojn kaj tre altan frunton. Ĉe ili evidente okazas ia ekzekuto, ĉar la ĉirkaŭita burutano centre de la rondo aspektas tre kompatinda kaj timigita. Li estas ligita al alta senbranĉa arbotrunko.

Burutanoj (*minace rondodancas ĉirkaŭ la viktimo, strange mansving-ante*):
Hulu! Hej!
Hulu! Hej!
Perko fli go go me,
Ĉiri demot snuba
Ĉiri demot snuba
Serom bol to ve me.
Hulu! Hej!
Hulu! Hej!

Dum la burutanoj daŭrigas la dancon kaj kantadon la astronaŭtoj kaŭriĝis por ne esti rimarkitaj.

Stefan:
Ni uzu tradukilon!
Urĝe prenu ĝin.

Li disdonas po unu rozkolora tablojdo al la kunuloj kaj ankaŭ mem enbuŝigas unu.

Burutanoj (*dansante la saman dancon, ĉi-foje maldekstrume*):
Hulu! Hej!
Hulu! Hej!
Per via vivo pagu nin,
Ne ŝtelu, sed aĉetu,

Ne ŝtelu, sed aĉetu,
Per via vivo pagu nin.
Hulu! Hej!
Hulu! Hej!

Unu el burutanoj prenas lignan bastonon kaj pikas per ĝi al kapo
de la ligita burutano, strebante trafi okulojn.

Burutanoj:
Per l'okul', per l'okul'…
Pagu per l'okul'.
Vuaheja! Vuaheja!
Vuaheja! Vuaheja!
Per l'okul', per l'okul'…
Pagu per l'okul'.
Vuaheja! To! Ho!
Vuaheja! To! Ho!
Per l'okul' vidakra,
Per l'okul' vidakra,
Pagu per l'okul'.

La burutano kun bastono facile turnas (evidentiĝas ke ĝi turn-
eblas!) la trunkon por ke estu videblaj ligitaj manoj de la kaptito.
Per la sama bastono li komencas bati ties manojn.

Burutanoj:
Per la man', per la man'…
Pagu per la man'.
Vuaheja! Vuaheja!
Vuaheja! Vuaheja!
Per la man', per la man'…
Pagu per la man'.
Vuaheja! To! Ho!
Vuaheja! To! Ho!
Per la man' avida,
Per la man' avida,
Pagu per la man'.

Ara:
Linĉado senhonora, aĉa…
Ĝi ĉesigindas.

Burutanoj:
Ne plu, ne plu,
Vi ŝtelos ne plu,
Ne plu, ne plu,
Vi ŝtelos ne plu
Holo! Hoj!
Holo! Hoj!
Hulu! Hej!
Hulu! Hej!
(*Komencas danci alimaniere. Nun ĉiu tretas plankon, turniĝante, larĝe dismetinte piedojn.*)

Lozi:
Je nomo
De la Konsilio Kosma!
(*Provas celi per la fusilo al la burutanoj.*)

Stefan:
Stultul', stultul'…
Nur tio mankas!
(*Амбаŭmane ĉirkaŭbrakas sian kapon.*)
Ili nin rimarkos.

Burutanoj ĉesas danckantadi. Singarde ili alpaŝas la astronaŭtojn.

Burutanoj (*flustre*):
Fremdulaĉ', fremdulaĉ'…
Hoj! Vea!
Hoj! Vea!
Fremdulaĉ', fremdulaĉ'…
Hoj! Vea!
Hoj! Vea!

Ara (*stariĝas*):
Ni vin vizitis
Sen malico, sen malbono ajna.
Sed kion faras vi
Kontraŭ povrul',
Kunulo via?

La indiĝenoj kun scivolo rigardas al ŝi kaj komencas fari malrapidajn manmovojn.

Lozi (*lasas la fusilon kaj ĝi falas grunden*):
Moviĝi mi ne povas,
Kion vi faras, diabloj?

Stefan:
Kun paco venis ni,
Ĉesigu tiujn trukojn!
Pli bone diru:
Kiel vi elfosas trunkojn?

Burutanoj:
Ekscios vi tion
Tre baldaŭ…
Tre baldaŭ…
Tre baldaŭ…

Ara:
Ili posedas
Telesugestion
Kaj paralizas. Ve!

Burutanoj de ie aperigas ŝnurojn kun maŝoj, surĵetas ilin al koloj de la rigidiĝinta triopo. Tirante la ŝnurojn, la verduloj poiome forkondukas la kaptitojn.

Burutano ĉe arbotrunko (*restinte tute sola*):
Kaj kio min atendas?
Ĉu mort' malsata?
(*Provas liberiĝi, sensukcese.*)
Malligu min,
Mi ja ne ŝtelos plu!

Sceno 3

La scenejo estas dividita al du ĉeloj per muro. Ambaŭ ĉeloj aspektas tre mizeraj. En ili ĉeestas nur po unu kadrita fenestro, benko kaj sitelo kun verda substanco. En la dekstra ĉelo staras Ara, en la maldekstra surbenke sidas Stefan kaj Lozi.

Lozi:
Mi la animon propran ja forvendus
Nur kontraŭ…
Kontraŭ telero
Da pastaĵoj simplaj.

Stefan:
Pastaĵoj simplaj?

Lozi:
Karbonara, jes!

Stefan (*subride*):
Personan kuiriston
Vi alvoku.
El hejmo.
Li alflugos fulme por ke
La ventro via estu plenfeliĉa!

Lozi:
Diurno tria
Pasis jam post la enprizonigo.
Kaj oni nutras nin
Sole per ĉi pureo verda!

Stefan:
Kaj ĉu pri foso vi ja spertas jam?
Ĉu tiujn trunkojn ŝpati ŝatas vi,
Kolekti batojn kaj minacojn
Ĉe lignminej' infera?

Ara (*aliras la muron*):
Hej, knaboj!
Ĉu vi min aŭdas?

Lozi:
Ni vin perfekte aŭdas!

Ara:
Civilizacio tiu
Tre agresema estas.
Kaj ĉiun civitanon
Regas iu forto eksterordinara,
Eble radiado.
Tion mi divenis,
Nepropravole ili agas.

Stefan:
Sed kion vi proponas?

Ara:
Eltrovi centron,
Agi laŭ cirkonstancoj.

Lozi:
Sufiĉas jam!
Ni suĉas fian kaĉon tiun.
(*Piedbatas la sitelon.*)
Meritis sorton ni alian,
Mi plu sopiras pri salam'.
Ĉar hejme…

Ara (*interrompas, arde aliras al centro de sia ĉelo*):
Ho, hejme arboj alirobas;
Kaj puras ros', kaj lulas pluv'.
Sed nostalgion malaprobas
De senlimec' kruela pruv'.
De senlimec' kruela pruv'.

La foraj mondoj ne valoras
Je unu vort', je unu larm'.
Aktoroj-astroj supre rolas
Surteras la partera varm'.
Surteras la partera varm'.

Ho, kara ĉarmo de la valoj
De mar', de montoj, de dezert'…
Memoron kirlas birdaj aloj,
Dizerton aŭdacas spert'.
Dizerton aŭdacas spert'.

Pendigu vian dormosakon
Sur ĉielark' aŭ sur krescent'
Kaj trinku simplan rojan akvon,
Se ne trinkeblas la silent'.
Se ne trinkeblas la silent'.

Ho, hejme arboj alirobas;
Kaj puras ros', kaj lulas pluv'.
Mi rememori dolĉon provas
De vita viv', de viva uv'.
De vita viv', de viva uv'.

Stefan:
Ne ronĝu l' animon!
Krome:
Kiu volis labori?

Ara (*disreviĝe*):
Ni supertaksis
Fortojn niajn.
Kaj vane ni foriris
Malproksime de la ŝipo.
Sed venontfoje ĉio glatos.

Momente de la plafono de ŝia ĉelo falas iu insekto, simila al ara-
neo je dimensio de kato kaj rampas apude. Ara sentime prenas
ĝin al manoj kaj provas nutri el sia sitelo.

Ara:
Bone, knaboj! Ĝis baldaŭ!
Al mi neatendita gasto venis.
Kaj mi regali devas,
Esplori poste ĝin.

Lozi (*alpremiĝante al la muro*):
Pli bone nutru min!
Malsato min turmentas ĉiam,
Des pli tie ĉi.

Ara (*ridetante*):
Por la scienco Tera
Nenian intereson donos vi.
Ne maltrankvilu, kara!
Ni nepre trovos solvon.
Sklavecon tiun
Eskapos ni.
(*Metas la insekton sur la benkon.*)

Voĉo desupre:
Femalon nia gvidanto kara, eterne viva Kĥejervalg alvokas por
diskuto grava. Kaj viroj prepariĝu por labora tago...

Ara konsterne observas kiel al ŝi eniras du burutanoj-gardistoj.
Ili denove ĵetas maŝon sur ŝian kolon kaj, tirante per ŝnuro,
kondukas el la ĉelo.

Akto 2

Sceno 4

Oni enkondukas Ara-on al larĝa ejo, kiu plenplenas je malvastaj piramidformaj kaĝoj kun blankvestitaj infanoj. Iuj kagoj estas pendigitaj sur plafono, iuj staras surplanke. Lumo estas iom dampita kaj blueca.

Ara (*indigne penas forŝiri la maŝon*):
Kien vi altiris min?

La 1-a gardisto-burutano:
Al embriejo.
Ĉi tie burutanoj kreskas.
Atendu,
Vi havos renkontiĝon.

La 2-a gardisto-burutano:
Preparu vin!
Honoron faras
Nia glora estro.
Kun vi parolos Li!

Infanoj vigliĝas, kun intereso rigardas al Ara. De la plafono sur metalaj ĉenoj malleviĝas la gvidanto Kĥejervalg en luksa kostumo kun arĝentkoloraj plumoj kaj enorma brila pintoĉapo de nedefinebla malhela koloro.

Kĥejervalg:
Saluton, teran'!
Vi, nul' , nura ran' ,
Eksentu potencon Burutan!

Ĉu ĉi embriej'
Impresas vin? Hej!
Vi havas naturon tro brutan.

Teran'-parazit'
Dum sia vizit'
Forŝtelis ĉe mi la kristalon.

Per tiu kristal'
Venkeblis batal'
Ĉe nia najbaro fatala.

Kaj kion nun, do,
(Por mi – anekdot'!)
Instigis vin ree aperi?

Tremeru, la gast'!
Ĉar sen embaras'
Vi devos tre baldaŭ perei!

Ara:
Perei?

Kĥejervalg (*ordigante la pintoĉapon*):
Perei, perei…

Ara:
Mi postulas:
Liberigu
Anojn ĉiujn
De la ekspedicio nia!
Ni, reprezentantoj de…

Kĥejervalg (*gestante disreviĝe*):
Ne rakontu al mi
Vi estas kiuj.
De kie, de kie –
Sufiĉas jam tio.

Ara (*insiste*):
Ajnon ĉian
Vi forlasu,

Anojn ĉiujn
Liberigu!

La 2-a gardisto-burutano:
Malviro ĉi obstinas
Treege!

La 1-a gardisto-burutano:
Ĉu eblas ke ne konas ŝi
Elektran vipon nian?

Kĥejervalg gestas kvietige. La gardistoj-burutanoj daŭre staras apud Ara, sur kies kolo plu videblas maŝo.

Kĥejervalg:
Forlasu nin!
Kun fremdulin'
Deziras mi private paroli.

La gardistoj-burutanoj rapide forkuras, restiginte la maŝon sur-kole de la kaptitino. Kĥejervalg alpaŝas ŝin, tre proksimiĝas, malvolvante la maŝ-ŝnuron. Per unu mano li tiras la ŝnuron, per la alia prenas mentonon de Ara kaj fikse rigardas ŝiajn okulojn.

Kĥejervalg (*malice, duonflustre*):
Mi vin neniigos.
Sed eble poste.
(*Formetas la maŝon, depaŝas.*)
Hodiaŭ ja ni havas feston grandan.
Por la spirit' Burut',
Planedo nia kies nomon portas,
Ni la oferon artan emas fari.

Ara:
Ĉu artan?
Kiu al vi
Instruis tiun vorton?

Kĥejervalg:
Ĉu l' vorton "arto"?
Ne tre avaras l' Universo
Pri la civilizacioj.
Kaj vi ne estas
Pint' supera
Ĉiurilate!
Rigardu tiun aron.
(*Gestas al la ĉirkaŭaj kaĝoj.*)
Ĉi tiuj povos iam
Servi por l' art' senmorta,
Kaj garantie estos bonaj civitanoj.

Ara:
Ĉu vere?
Kaj kio pri la kristal'?
Ĉu vi de ni
Postulas ĝin?

La voĉo el la plafono:
Gvidanto! Urĝe! En la sekcio kvina denove morto okazis.

Kĥejervalg:
Ho, fek'! Pro kio
Vi ilin tiel
Malzorgeme flegas…
Por la radioj rektaj tre fruas.
Mi disfrakasos vin, aĉuloj!
(*Forkuras.*)

Ara restas sola dum eta momento. Unu el la infanoj kun klaraj bluaj okuloj tiam etendas al ŝi iun malgrandan elektronikan ilon. Ŝi senhezite prenas ĝin kaj ŝovas ĉebrusten. Intertempe revenas la du gardistoj-burutanoj kun piramidforma kaĝo sur etaj radoj.

La 1-a gardisto-burutano:
Ĉu vi nin ne atendis?
Eniru tien ĉi.
(*Malfermas la kaĝon.*)

La 2-a gardisto-burutano:
Eksentu la potencon nian,
Tera ran'!

Ara neeviteble eniras la kaĝon, la gardistoj fermas kaj forrulas ĝin de la scenejo.

Sceno 5

Palaco de K̂hejervalg. Fajnaj volboj havas bizaran ornamaĵon. Centre sur enorma trono sidas la reganto mem. Ĉirkaŭ li svarmas servistoj-burutanoj. Fronte de li troviĝas mezalta piedestalo, simila al eŝafodo, sed multe pli vasta.

K̂hejervalg:
Ĉu ĉio pretas?

Servistoj-burutanoj:
Ho, jes, kara mastro!
Restis nur
Enlasi la publikon.

K̂hejervalg (stariĝante, trifoje polme kunfrapas):
Enlasu!

Servistoj-burutanoj malfermas du flankajn pordojn kaj enlasas la spektantaron. Amaso da burutanoj ĉirkaŭas la piedestalon antaŭĝue.

K̂hejervalg:
Ek! Komenciĝu la art-ofero!

Tuj oni enrulas la kaĝon kun Ara kaj ankaŭ du aliajn kaĝojn kun malliberigituloj. Unu el ili estas vila simisimila ulo, kosma pirato el la planedo Korodon. La dua estas mizera roboto de nekonata planedo, kiun la burutanoj iutage trovis dum kontraŭmarodista kontroliro.

Servistoj-burutanoj (*al la kaptitoj*):
Nur unu
Povos havi
Liberon aprezindan.
Kaj antaŭe honoru voĉe
La spiriton nevideblan
Potencan kaj gloran –
Buruton nian!

Ĉiuj silentas, nur la mizera roboto komencas krakete sibli.
Tamen la trilo ne estas aparte plaĉa. Unu el la servistoj-burutanoj
malfermas ĝian kaĝon kaj puŝas ĝin perbastone. La mizera
roboto ĉesas.

Kĥejervalg:
Nu, sufiĉas!
Se fervoras
Vi tiel,
Estu l'unua!
Ni vin atentas plene.
Mirigu l'mondon
Per via art'!
Kaj la spirit' Burut',
Parolanta tra Popol',
Tra la preferoj ĝiaj,
Tra la gustoj,
Indulgos eble vin.

La mizera roboto (*per aĉa voĉo*):
Mi la kanzonon
Kantos.

Kĥejervalg:
Ek! Ek!
Ni jam
Senpaciencas.

Servistoj-burutanoj sekvigas la mizeran roboton al la scenejo-
eŝafodo.

La mizera roboto (*malfrminte okulojn*):
Zzzumil' de mia koro
Zzumas. Zzzzzzzz…
Zzumas.

Ĉar mi kun vi
Ĉar mi kun vi
Ĉar mi kun vi
Nun amindumas.

Zzzumil' de mia koro
Zzumas. Zzzzzzzz…
Zzumas.

Ĉar vi por mi
Ĉar vi por mi
Ĉar vi por mi
L'esencon montris.

L'esenco ama
Sonas tiel.

La mizera roboto denove siblas per la sama malagrabla tono, reproduktante ian kakofonion. Tio daŭras proksimume unu minuton ĝis la sono fariĝas tute netolerebla. Tiam krioj de la burutanoj superas la sibladon. Ili komencas ŝanceli la piedestalon.

Kĥejervalg (*levante la manon*):
Adiaŭ!

Meze de la piedestalo, rekte sub piedoj, malfermiĝas luko kaj la malakceptita kantisto falas enen. La burutanoj elspiras malpeziĝe.

Kĥejervalg (*kontente*):
Nun estas vico
De vilul'.

Oni elkaĝigas la vilulon kaj kondukas al la jam fermiĝinta luko, starigas lin sur ĝi.

Vilulo (*sovaĝe rigardante*):
Hrrrr…

Kĥejervalg:
Demonstru
Ankaŭ vi
Kion vi scipovas
Art-rilate.

La burutanoj kuraĝigas la vilulon per gestoj kaj ululado. Li komencas tuj dancadi sen muzika akompanado. Poiome evidentiĝas ke dancas li mallerte, peze kaj plumpe, kvazaŭ skuiĝanta simio.

Kĥejervalg (*al la dancanto, leviĝante de la trono*):
Sed kion vi faras,
Kara?

Ara (*el sia kaĝo*):
Li dancas.

Kĥejervalg:
Ne, li ne dancas.
Li mokas
Per la movoj
Terpsiĥoron
Vian Teran,
Ho, teran'.

Ara (*kun rideto*):
Ĉu vi pli bone povas?

Kĥejervalg:
Bridu vian langon!
Interalie,

Nun – vi!
(*Turniĝas al la jam furioza burutan-amaso.*)
Liberigu la lokon!

La burutanoj kriegas, malaprobante la vilan piraton. La luko malfermiĝas, li forfalas. Oni elkondukas Ara-on el la kaĝo, starigas anstataŭe sur la scenejo-piedestalo.

Kĥejervalg:
Ne timu!
Ekservu l'arton.

Apud Ara, sur la muro, aperas foliumebla hologramo kun diversaj muzikaj instrumentoj. Ŝi, distance foliumante, elektas Pan-fluton, burutanoj tuj alportas al ŝi tiun instrumenton. Eksonas fajna melodio. Ĝin enmiksiĝas Ara, majstre ludante la Pan-fluton. Ĉiuj spektantoj-burutanoj silente atenteme aŭskultas, malferminte buŝojn pro mirego. Post kelkaj minutoj, kiam la muziko finiĝas, la servistoj-burutanoj, la spektantaro kaj Ara – ĉiu el ili rigardas al Kĥejervalg. Li ploras pro feliĉo sur la trono.

Kĥejervalg (*ĝeme*):
Ĉi festoj,
Omaĝoj al Burut',
Ne vanaj estis,
Se tian perlon
Ni per la muzeloj niaj
Elfosi sukcesis
Hodiaŭ.

Ara:
Kiel oni devas
Percepti viajn vortojn?
Ĉu nin vi lasas
Iri hejmen, Teren?

Kĥejervalg (*ĝoje kaj solene*):
Tutcerte.

Al triopo via
Mi donacas vivon.
Revenu
Al planedo via stranga,
La fripona Ter'.
Tra l' tuta Universo
Miraklojn faras la muzik' kaj l'art'!

Sceno 6

Ĉiuj tri skipanoj de la ekspedicio bonŝance forflugas de la planedo
Burut en sia kosmoŝipo. Ili troviĝas en stirejo, arde diskutas la
kialojn de tiu neatendata savo. Videblas la ŝipa ĉefa regpanelo
kaj tri stiristaj brakseĝoj. La skipanoj staras antaŭ ili.

Lozi:
Ne tute vane
Mi antaŭtimis
Planedon tiun strangan.
Ĉu vere, amikoj?

Stefan (*konfuzite*):
L'atmosferoj ja vere
Intersimilas.
Sed la loĝantoj –
Tute ne!
(*Pripensas.*)
Eble iomete…

Lozi:
Negastama,
Bizara estas
Tiu gvidant'.
Lin mem
Enprizonigi endas.

Ara:
Kaj tamen fine
Oni eĉ al ni
Disdonis la donacojn.
Al mi – ĉi belajn
Orelpendaĵojn.
(*Demonstras arĝentajn orelpendaĵojn en siaj oreloj.*)

Stefan:
Al mi – ĉi ringon.
(*Movas per sia longa fingro, sur kiu videblas luksa ringo kun smeralda gemo.*)

Lozi:
Kaj kio?
Al mi – medalionon!
(*Fiere montras la propran skafandran bruston kun sufiĉe masiva rondoforma flava medaliono.*)
Sed tio estas bagatel'.

Crescendo –

Stefan:
Ni restis vivaj.
Unikajn specimenojn
Portas krome ni.
Kia feliĉ'!

Lozi:
Mi fine povos
En la restoracio
Ĝissate manĝi.
Kia feliĉ'!

Ara:
Ĉiuj fieros
Pri bravaj esploristoj,
Kiaj estas ni.
Kia feliĉ'!

samtempe

Stefan (*petoleme*):
Mi pensas ke
La sangosoifantan gvidanton
Vi simple ravis, ravis…
Sendube ravis.

Lozi (*ridete*):
Per via sorĉo,
Kiun ĉiu virin'
Posedas,
Envultis vi lin!

Ara:
Ho, ĉesu, knaboj!

Stefan:
Per via rava belo
Vi kaptis lin
Kaj jam neniam lasos.

Lozi:
Per via arda sorĉo
Vi kaptis lin
Kaj jam neniam lasos.

} samtempe

Ĉiuj ridas. Subite en la centra regpanelo eklumas verda butono.
La tuta kompanio ĝin ekatentas.

Ara:
Jen mia onjo,
Petanta enŝipiĝon.
Ĉu vi ŝin konas?
(*Faras iun manipuladon ĉe la regpanelo.*)

Lozi:
Ne vere mi memoras.
Por mi sufiĉis
Via avin'.

Stefan (*kun intereso*):
Kaj kio pri l'avin'?

Lozi (*duonflustras*):
Ŝi ja frenezas tute!
Mi eĉ ne scias
Pro kio, sed...

Malfermiĝas aŭtomata pordo. En la stirejon eniras mezaĝa virino, tre bizare vestita. Ŝi surhavas neniun skafandron, anstataŭe ian ciganan robon, nigrajn ledbotojn kaj ruĝan kaptukon.

Ara:
Bonvolu konatiĝi:
Mia onjo, Nona.

Nona:
Nenion novan,
Nenion bonan
Havas tiu via ŝipo,
La kest' plenplena
De la flava flam'.
Forlasu vi ĝin
Plej rapide:
Pli bona estos
Tio por vi mem.

Ara:
Pri kio vi parolas,
Onklino kara?

Nona:
Pri ĉio,
Kaj ankaŭ pri nenio –
Ĉiama manko
De ajna aŭgurist'.
(*Montras per fingro al plafono.*)
Sed tie ĉi
Teruro kaŝas sin!

Lozi:
Nu, ĝuste tiel…
Saluton de l'avin'.
Mi ial certas
Ke konas ŝi ja vin!

Nona:
Silentu, flavbekulo!
Kaj tio, kion vi surhavas,
Jam estas kerna punkto
De l' teruro.
Vi ĉiuj tri
Surhavas morton…

Ara:
Ekspliku sencohave,
Nenion mi komprenas.

Nona:
Vi timu Danaanojn ruzajn
Kaj ankaŭ donacantojn bonintencajn.
Fidemon ili ofte uzas
Laŭplaĉe, eligante la incenson.

Mi ne insistu vere troe;
Por vi utilaj estu lecionoj,
Rigardon ĵetos vi retroe,
Profetojn vidos en la histrionoj.

Enigmon de la vivo solvu,
Nenion plu mi diros, ĉar mi hastas.
La morton vi eviti provu:
Demetu ĉion, kion vi surhavas!

Stefan (*triste*):
Ne multe pli
Fariĝis ĉio klara…

Nona senespere svingas per mano, duonturniĝas al Ara.

Nona (*al Ara*):
Agordu ĉion:
Per ŝipeto mia mi forflugas,
Hastas.
Ĝis!

Nona rapide eniras la pordoframon kaj la pordo fermiĝas. Ĉiuj tri ekspedicianoj interrigardas.

Lozi:
Ĉu ni plu longe
Devos deliraĵojn aŭskulti
De la parencoj viaj?

Stefan:
Mi opinias ke
Ni devas ĉion testi,
Ajnokaze.

Ara (*mediteme*):
Mi same pensas.

Lozi (*malice*):
Vi, azenoj!
Pri superstiĉoj kiu rezonadis?

Stefan:
Racio ĉiam dubas…

Ara:
Mi kredas al la onjo!

} samtempe

Denove eklumas la verda butono. Ara aliras al la regpanelo, la pordo malfermiĝas. Enruliĝas sur etaj raŭpoj malalta roboto.

Roboto sur raŭpoj (*per kvakanta voĉo*):
Ni devas interrompi vian vojaĝon, eĉ se gravan. Minaco tre grandas. Via ŝipo enhavas eksplodaĵon.

Akto 3

Sceno 7

Kosmohaveno en la planedo Ferpu – Planedo de Raciaj Maŝinoj.
Videblas dorsa sekcio de la ekspedicia terana kosmoŝipo. De la
kontraŭa parto de la scenejo kune eliras laŭaspekte iom perpleksa
Stefan kaj Kermer, ĉefoficiro de la sekuriga servo.

Kermer:
Sed kie estas
Via skipano tria?
Lozi, ĉu?
Ĉu tiel nomiĝas li?

Stefan:
Mi tion ne scias.
Li vere malaperis ie.
Sed tio laŭas
Karakteron lian!
Sed min l' alio interesas.
Ja kiel eblas tio?
Kiel?
Ĉu tiom mikroskopa
Etaĵo povas esti
Eksplodaĵ' danĝera?

Kermer:
Tutevidente, jes,
Amiko mia povra.
Se la radaroj niaj
Vin ne malkaŝus,
Severus via sorto!
Kaj tiu sort' de la planedo via...

Stefan:
Se veras ĉio prilumata
De vi...

Bonvolu montri ĝin
Refoje.

Kermer elpoŝigas vitran sferon kun iu aĵo ene, tre simila al alum-
etujo.

Kermer:
Jen kia mizeraĵ'
Planedon tutan, meze grandan,
Povus ekstermi.
Feliĉe, ĝi jam neniun riskon
Trenas.

Stefan:
Je nom' de l' tuta Ter':
Dankegon!

Kermer:
Ho, nedankinde!
Via itinero preteris nin.
Kaj ankaŭ nin
Minacis la afero.
Pli bone diru:
Kial burutanoj
Vin minis?

Stefan:
De kie mi povas scii tion?
Li diris ke teranoj
Ion ŝtelis ĉe li.

Kermer:
Kiu?

Stefan:
Gvidant' , ĉeful' …
Simio turpa ĝenerale!

Kermer:
Mi pensis ke simioj estas
Nur viaj prauloj.

Stefan:
Kaj ankaŭ mi.
Sed faktoj jenas.

Kermer:
Nu, bone. Estu tiel.
Nun – pri io grava multe pli.
Atestas la skanado
Pri font' de l' radiado
En via ŝip',
En la sekci' kun rub'
Nereciklita, kolektita.
Bonvole lasu nin
Eniri tiun ejon.

Stefan:
Volonte! Eblas rekte nun!
Kaj ringon tiun kaj l' orelpendaĵojn
Vi ne redonos, ĉu?

Kermer (*rigore*):
Ili detruendas!
Ili tre suspektindajn radiojn
Same elsendas.
Kaj restas io tria
Tie, en la ŝip'.
Ni tuj elprenu ĝin.

Aperas maltrankviliĝinta Ara, vidas Kermer-on kaj iom konfuz-
iĝas. Kermer kaj Ara dummomente rigardas al la okuloj unu de
la alia.

Ara:
Jen kie vi troviĝas, Stefan.
(*Al Kermer*)

Ĉu vi malkovris,
Ho, sinjoro oficiro,
Naturon de la radiad'?

Kermer:
Mi nomiĝas Kermer,
Fraŭlin'.
Jes, ni malkovris,
Sed neĝisfine.
Evidentas ke ĝi provas regi menson
Per faza labileco.

Stefan:
Pardonu ke mi interrompas.
Mi nun preparos ĉion
Por l' alven' de robotar'
Al la sekcio ruba.
Verŝajne Lozi –
Ho, tiu senlaca Lozi! –
Forĵetis en rubujon
Sian medalionon.
(*Foriras en la kosmoŝipon.*)

Ara (*ludeme*):
Faza labileco…
Tre interese.
Sed kiel vi eksciis
Ke mi ne havas edzon?

Kermer:
Tre simplas tio!
Via rigard' tre milda…

Ara (*ridas*):
Edzinoj rigardas ĉiam,
Kiel lupinoj, ĉu?
(*Elprenas elektronikan aparaton, kiun la inkubacia infano donis al ŝi en la planedo Burut.*)

Ĉu vi pardonos min?
Mi konfesas
Ke mi forgesis unu aĵon
Al vi transdoni.
(*Donas al Kermer la elektronikan aparaton.*)
Jen.
Ĝi same venas
El planed' tiu horora.

Kerner fingrumas la aĵon kelkasekunde. Tuj lia vizaĝo mieliĝas per rideto.

Kerner:
Plej simpla modelo
De la nereuzebla hologramo.
Nur videomesaĝ'.
Ĉu tiajn vi ne havas en la Ter'?

Ara (*seke, iom paŭte*):
Tian teknologion
Ni ne havas.
Sed nur ankoraŭ.
Ĉu tiu aĵ' ne nocas?

Kerner:
Ho, ne!
(*Skanas ĝin per portebla skanilo.*)
Ĝi ne radias.

La ĉefoficiro ŝaltas la hologramon. Sur la tegaĵo de la ŝipo montriĝas figuro de kalva proksimume 5-jaraĝa maskla infano. Sur frunto de la infano videblas iuj strangaj signoj, similaj al hieroglifoj. Eksonas la sama melodio, kiun Ara ludis je la Pan-fluto en la palaco.

Infano el hologramo:
Vi venkos, nur ne per la forto. Nek per la perforto, nek per la perfido. Vi venkos per viaj volo kaj kredo pri la venko. Kaj per la amo. Radioj senpotencas.

La bildo de la infano malaperas kaj la tenera Pan-fluta sono ĉesas.

Ara:
Mi volas firme kredi tion.
Sed kiel li divenis
Pri tiu melodi' ludota?..
Mi ja ludis
Post ĉi renkont' kun li.

Kerner:
Por li facile estis.
Ĉar kruda burutano
Li ĝis nun ne iĝis.
(*Prenas manon de Ara.*)

Ara kaj Kermer denove fikse rigardas unu la alian.

Kerner:
Mi nur baniĝas
En la okuloj viaj,
En tajdoj dum aliaj
Harondoj aldoniĝas.

Ara:
Sen l'am' majesta
Ni longe vegetadis,
Sed fine ĝi kompatis
Kaj ni feliĉaj estas.

Kermer:
Ho, l'amo kara,
Fratin' mizerikorda,
Por ni malfermas pordon
Al estonteco klara.

Ara:
Nin ne barados
Planedoj, leĝoj, rasoj –

Vantegaj embarasoj.
Kaj nia am' parados.

Ara:
Kaj nia am' parados…
Kaj nia am' parados…
Kaj nia am' parados…

Kermer:
Al estonteco klara…
Al estonteco klara…
Al estonteco klara…

} samtempe

Sceno 8

Ara kaj Kermer eniras en ŝipan rubujon. Ĉirkaŭe troviĝas grandaj polietilenaj sakoj kun solida premkompaktigita rubo, kolektita el aparte poluitaj planedoj. Ĉiu sako havas etikedon kun konciza informo pri deveno de la rubo kaj ĝia konsisto. En la centro de la ejo, sur kelkaj sakoj, senvive kuŝas Stefan vizaĝe al planko. Ara kaj Kermer proksimiĝas al li.

Kermer (*klininte sin*):
Li ne spiras!

Ara (*palpante la pulson*):
Li jam mortis,
Fakte.

Kermer:
Mi helpos la korpon transporti.
(*Demetas okulvitrojn de la mortinto, transdonas ilin al Ara.*)
Sed kio estis
La kaŭzo?
Ĉu toksa rubaĵ'?

Ara:
Ne tre probable.

Lozi aperas de malantaŭ iliaj dorsoj. La vizaĝo de li jam verdiĝis kaj ekhavis specifajn burutanajn trajtojn. Li estas kun nuda torso (la korpo estas ankoraŭ ne verda), sur la brusto pendas la medaliono. En liaj manoj estas peco de iu ŝtala tubo.

Ara:
Li nin polvigos.

Lozi (*svingante per la tubo*):
Mi frakasaĉos!

Kermer:
Haltu!
Haltu!

Lozi provas bati ilin per la tubo, sed Ara kaj Kermer perkorpe rapidmove evitas la batojn. Tiam Kermer eligas laseran pistolon, sed Lozi trafe elbatas ĝin el manoj kaj la pistolo forflugas al sidlokoj de la publiko.

Ara:
Medalion' damnita
Tiel efikas.
Li plifortiĝis multoble.
Kion fari?

Kermer (*rezolute*):
Deŝiri tiun aĵon radiantan
De l' burutano
Endas.

Ara (*kun amaro*):
Ne burutan' li estas,
Sed teran'.

Kermer (*evitante vican baton*):
Forgesu lin,
Ho, belulino!
Perdita estas li.

Ara:
Ho, ve!

Kermer sukcesas elbati la tubon el la mano de Lozi post lia vica misbato. Ĉi-momente al ne plu armita Lozi alkuras Ara kaj forŝiras la pendantan medalionon. Tio furiozigas lin.

Lozi:
Mia sango verve bolas
Sur la braĝo de malam'.
Vin pardoni ne bonvolas
Burutan'. Jen la proklam'.

Pagos vi pri viaj kulpoj
Pensu: ĉu ne altas kost'?
Vi, teranoj – fiaj vulpoj,
Ruzmuzelas sen la vost'.

Spite vi fuĝadi provas,
Ne indulgas la destin'.
Ĉu kompreni nun vi povas
Ke ni iam punos vin?
Ke ni iam punos vin…

Ara:
Retrovu vin, Lozi!
Retrovu!
Retrovu la saĝon!

Lozi:
Terrra ran'!

Lozi kun besteca graŭlo direktiĝas al Ara. Ŝi ĵetas la medalionon al Kermer kaj li kaptas ĝin. Tiam Lozi turniĝas kaj iras al ĉefoficiro, kiu refoje ĵetas la medalionon al Ara. Dufoje tio ripetiĝas.

Lozi:
Prepariĝu
Por pagado.

El rubsakoj elrampas tri batalistoj-burutanoj, armitaj per lancoj. Ili ĉirkaŭas Kermeron, sed li jam sukcesis ĵeti la medalionon al Ara.

Kermer:
Kuru, kara!
Kuru!

Ara:
Ne, mi ne lasos vin!

Kermer:
Voku helpotaĉmenton.
Ili minacas tre grave
La sekurecon tutkosman!
Duope ni
Ne superos…

Ara nevolonte retiriĝas por voki la helpon. Dume la batalistoj-burutanoj komencas bati Kermer-on piede kaj lance. Lozi afereme promenas apude. Subite li rimarkas iun masivan agregaton.

Lozi:
(*al si mem*)
Jen vi havas!
Robotojn
Ne tre facilas
Buĉi.
(*Tuŝas fingre la agregaton.*)
Jen aĵego.
Multfoje mi ĝin startigis.
"Neniigilo kompaktiga"
Aŭ "kompaktigilo neniiga"
Nomiĝas ĝi.
Ne gravas!

Batalistoj-burutanoj:
Hu ha! Ŭaŭ-ŭaŭ!

Lozi:
Nun ni pritestos:
Kiuj el tiuj du
La ĉefa vorto estas.
Ŝovu tiun ladaĵon
Enen.

Batalistoj-burutanoj:
Enen!
Enen!
Enen!
Ni ŝovu enen,
Ni ŝovu enen
Tiun ladaĵon.
Ni ŝovu ĝin enen.

Lozi malfermas la hermetikan kovrilon kaj la Batalistoj-burutanoj metas Kermer-on en la agregaton. Haste Lozi ŝaltas ĝin. Sekvas diverskoloraj lumaj ekbriloj kaj mekanikeca bruego.

Lozi:
Kaj kia fin'!
Eĉ robotojn la morto voras.
Hahaha!

Ĉi-momente enkuras kvin robotoj, aspektantaj samkiel Kermer, sed sen oficira ĉapo kaj kun laseraj pafiloj. Fulmrapide ili pafmortigas ĉiujn burutanojn (inkluzive Lozi-on). Ara sekvas ilin, serĉeme rigardas, sed nenie eltrovas Kermer-on. El la "kompaktigilo neniiga" elfalas malgranda pakaĵo kun restaĵoj de la ĉefoficiro. Ara alpaŝas kaj prenas la pakaĵon. Ŝi ĉion ekkomprenas.

A cappella –

Ara (*alpremante la pakaĵon al sia brusto*):
Kaj nia am' parados...
Kaj nia am' parados...
Kaj nia am' parados...
(*Ploregas.*)

Sceno 9

Tera Instituto de Kosmaj Esploroj kaj Dokumentado. En unu el laboratorioj sidas Ara, Gerbert, kaj Doktoro Rozenholc. Ara surhavas belan nigran robon. Sur la ronda tablo antaŭ ili troviĝas deformita metala kranio.

Gerbert (*prenas la kranion*):
Kiom da lerto
En unu skeletaĵ'
Senteblas.
Ver', do, estas
Ke superegas ferpuanoj nin
Teknologie
Ĉu?

Doktoro Rozenholc (*indiferente*):
Ne veras tio;
Ni samnivelas pli-malpli.

Gerbert:
El kunfandaĵ' speciala
Ĉi krani'
Farita estis.

Doktoro Rozenholc:
Kaj tamen ĝi rompiĝis!
Cerbo grandvalora
De la ĉefoficiro Kermer
Disfalis je miriadoj
Da silikeroj.
Ni savis el ili
Nur kelkajn.
Per tiuj ni kreskigis
Kristalon saĝan.
(*Aliras al iu ŝranko kaj elprenas silikan kristalon en diafana kesto. Transdonas ĝin al Gerbert.*)
Muldaĵo de individu' ...

Du planedoj – Ferpu kaj Tero –
Ĝin kune kreis.
Kia ekzemplo
De durlaboro, de unuiĝ' scienca
Por posteuloj!

Gerbert (*metante la kristalon sur la tablon antaŭ Ara*):
Ja ĝuste tiel
Ĉio okazis.

Ara (*fikse rigardante la kristalon*):
Ĉu tian kristalon
Burutanoj iam perdis?

Doktoro Rozenholc:
Ho, tute ne!
Ĝi estis nur vitraĵ'.

Gerbert:
Vi nur aŭskultu
Pri nia kreitaĵ'!
Modul' elektronika
Tuj estis konektita
Por monitori
La internan staton.
Tiam atakis malfacilaĵoj:
Jen la kristal' malvarmis, jen varmegis,
Jen ĝi sin mem detruis plasme,
Kvazaŭ ĝemante.
Ni eĉ deĉifris fine
Volon de la kristal',
En nia lingvo
Signifas tio
Ke ĝi sopiregas
Pri vi.

Ara:
Pri mi?

Gerbert (*kapjesante*):
Pri vi.

Ara (*ekscitiĝe*):
Sed ĉu li vivas?

Doktoro Rozenholc:
Eĉ laŭ la kutima senco – jes,
Sed tia vivoformo novas.
Ni nun esploras
Al ĝi transiron
De l' albumeno.
Ĉu vi bonvolus helpi nin?

Ara:
Sed kiel?

Gerbert:
Eksperimenton fari.

Ara:
En ĝi pri kio temas?

Doktoro Rozenholc (*metas manplaton sur ŝultron de Ara*):
L' afero ne tre simplas,
Mi komprenas.
Sed ni honestu!
Kuniĝo via plena
Kun la kristalo bezonatas.
Por teorion mian pruvi
Kaj restarigi ekvilibron
De nia id' ...
Sed mortos via korp' , verŝajne.

Gerbert:
Kolegoj ĉiuj
Jam ĝin nomas "ido".
"Nia ido"...

Ĉu ne kontraŭos vi?
Amat′ por vi li estas…
Tion ni scias!

Ara:
Mi tion ne kaŝadas.
Kaj mia viv′ sen li sensencas.
Ĉu ni povas esti kune
Efektive?

Doktoro Rozenholc:
Neniuj garantioj,
Verdire!
Ciferecigi endas vin
Por enkarnigi al
Silicio monolita.
Jen kiel okazigi tion eblas…

Doktoro Rozenholc aliras blankan skribtabulon kaj komencas feltkrajone desegni grafikaĵojn.

Ara:
Doktor′ , ne zorgu!
Mi konsentas.

Gerbert:
Ĉu vere?

Ara:
Jes! Mi pretas riski.

Doktoro Rozenholc (*kun granda entuziasmo*):
Ni faru tion
Rekte nun!
(*El tirkesto aperigas paperojn.*)
Subskribu ĉi foliojn:
Kontrakton kaj senpretendaĵon.

Ara (*subskribante*):
Por ĉio mi pretas.

Laboratoriistoj elportas enorman eksmodan ŝirmilon, starigas ĝin centre de la laboratorio. Ili ordigas ankaŭ aliajn etajn necesaĵojn por la eksperimento, navedante tien-reen. La ŝirmilo, malbrile prilumata de malsupre, kaŝas Ara-on, kiu komencas demeti vestaĵon.

Laboratoriistoj (*dum Ara senvestiĝas*):
Nudigu, nudigu vin!
Purecon novigu ree
Por fine venkoperei.
Nudigu, nudigu vin!

Preparu, preparu vin!
Renkonto feliĉa venos.
Vian naturon deprenos.
Preparu, preparu vin!

Bravigu, bravigu vin!
Fenikse vi reaperos,
Se vian revon esperos.
Bravigu, bravigu vin!

Finfine, al spektantoj tra la ŝirmilo apenaŭ videblas nuda virina figuro. Doktoro Rozenholc zorgeme prenas la kristalon, metas ĝin antaŭ la ŝirmilo sur specialan soklon. Gerbert haste konektas per multnombraj dratoj iujn elektronikaĵojn al la soklo. Post ioma vantumado Doktoro Rozenholc propramane butonŝaltas la aparataron.

Doktoro Rozenholc:
Ne timiĝu,
Alkutimiĝu al via nova kvalit'!
(*Forifas kune kun Gerbert kaj laboratoriistoj tra iu laboratoria pordo.*)

Ara (*de malantaŭ la ŝirmilo*):
Similas ĝi al songô, al delir';
Ankaŭ la menso havas anserhaŭton.
Da svagaj pensoj vagas la spalir'
Aŭ tondras sorto en la pulsobatoj.

En sankta kredo al la amimpuls'
La pasintecon mi neniam pesis.
Forstreku la minuson – estos plus'
Ankoraŭ transformiĝoj ja ne ĉesis!

Fluegas la rivero de la mort'
Per la torent' da nuloj kaj unuoj,
Enfluas al la roj' en nia kort'
Kaj fine puras en printempaj pluvoj.

Jen amulet' de mia febla kor' , –
Pri sango ne plu havas mi bezonon.
Kvazaŭ fabele vivos mi sen korp' , –
Sen muzikilo povas vivi sono.

Mi baldaŭ tenos Sunon en la man'
Aŭ frakasiĝos, se mi malbonŝancas.
Sed astronaŭt' , ĉiama ĉielan',
Konstante supre de l'abismo dancas.

La kristalo komencas lumi. Sur la ŝirmilo aperas nuda vira figuro.

Kermer (*ĝoje, de malantaŭ la ŝirmilo*):
La tutan eternecon
Mi atendis vin...

Ara:
Ni kunas fine,
Ho!
Mi sentas min
Kvazaŭ mi estus Plena Univers'.
Ĉion enhavas mi!

Kaj nia am' parados
Al estonteco klara…

Kermer:
Kaj nia am' parados
Al estonteco klara!

Prilumado de la ŝirmilo ĉesas, la du figuroj malaperas. Post tio la tuta lumado de la scenejo ĉesas, sed la kristalo eklumas eĉ pli brile.

Fino

Laimundas Abromas

Dominiko Orban en la infero

Satira komedio en unu akto

Ludantoj

DOMINIKO ORBAN – eksprezidanto de Esperanto klubo
MIKAELO MUSKO – kasisto de Esperanto klubo
MALJUNA DIABLO
JUNA DIABLO
DIVORCIĜINTA DIABLINO
VOĈO

Dekstre de la scenejo, antaŭ la spektantoj, situas la eta divano, sur kiu mal-
trankvile dormas Dominiko en striita piĵamo. Li sola estas prilumita. Apud
la divano-tabureto. Tuta scenejo dronas en mallumo. Ie tede kaj malagrable
zumas unu kontrabasa kordo. Subite la kordo, kvazaŭ rompiĝante, ekkrakas
kaj silentiĝas. Ankaŭ Dominiko ĉesas turniĝadi. Li etendiĝas, kvazaŭ
adiaŭante tiun ĉi mondon, trankviliĝas kaj kuŝas kvazaŭ ŝtipo.
Eniras Mikaelo, vestinta en nigra kostumo, blanka ĉemizo. Li sidiĝas sur
tabureton kaj longe rigardas al Dominiko.

DOMINIKO (nemalfermante la okulojn, mallaŭte, kvazaŭ grava
malsanulo). Do, Mikaelo, malgraŭ ĉio, vi tamen venis?

MIKAELO (en la sama tono). Mi venis, Dominiko. La konscienco
ne permesas al mi lasi vin sola en tia malfacila horo.

DOMINIKO. Dankon... Ni estas iomete parencaj.

MIKAELO. Tre malproksimaj.

DOMINIKO. Post la hieraŭa jar-elekta kunveno en nia Esperanto
klubo, mi perdis la voĉon kaj ne disputas. (Paŭzo) Ĉu vi memoras,
dum nia junaĝo oni diradis al ni : kiu ne havas pekon, tiu ĵetu...

MIKAELO (interrompas lin). Dominiko, nun ni parolu pri via
estonteco.

DOMINIKO. Vi ankaŭ ĵetis ŝtonon al mia ĝardeno, Mikaelo.

MIKAELO. Mi venis ne por pravigi min... Ĝis kiam la homo vivas, ne estas problemo sen la solvo.

DOMINIKO. Kiu vivas? Jen mi kuŝas, mortigita de samideanoj.

MIKAELO. Neniu vin mortigis. Nur diris al vi malagrablan veron. Vi penu kompreni kaj promesu, ke vi ne plu estos aroganta, impertinenta, ne plu diktatoros, malrespektos aliajn.

DOMINIKO (nervoze). Nu, ĉu mi estas diktatoro?!

MIKAELO. Ne komencu vi denove kontesti, denove disputi. Ni pruvis, vi konsentis. Ĉu denove vi komencos? Vi aranĝis ĉion sola, malkonfidis samklubanojn...

DOMINIKO. Sufiĉas! (Post kurta paŭzo, per ege kortuŝa voĉo) Baldaŭ mateniĝos, ĉirpos la birdetoj en arbustoj, la homoj apetite matenmanĝos – nur mi sola kuŝos. Kaj eĉ la diablo ne gajigos min.

MIKAELO. Nun ĉio dependas de vi, Dominiko; ĉu vi kuŝos aŭ leviĝos...

DOMINIKO. Kiel mi vivu plu?! (Post kurta paŭzo) Vi diru al mi kiel al parenco: Kion mi faru?

MIKAELO. Vi ne lamentu , leviĝu kaj ni iru. Oni elprovos vin ankoraŭ en unu laboro. (Leviĝas) Tamen vi ne kapricu! Kiam ni venos – vi frapu permane vian bruston kaj konfesu vian kulpon.

DOMINIKO. Ĉu ankaŭ necesas ŝuti la cindron sur la kapon?

MIKAELO. Vi petu, ke oni permesu al vi korekti viajn misagojn.

DOMINIKO. Mi petas. Kritikon mi akceptas. La erarojn mi korektos. (Frapas per la pugno la bruston) Mi , Dominiko Orban, estas pekinta...

MIKAELO. Mi estis diktatoro. (ĉar Dominiko silentas, li parolas pli laŭte) Mi estis diktatoro!

DOMINIKO. Tiu vorto por mi estas kvazaŭ fiŝosto en la gorĝo. Sed kion fari. (Mallaŭte) Mi estis diktatoro.

MIKAELO. Ni sendos vin tien, kie estas plej malfacile, ni elprovos vin.

DOMINIKO. Vi sendu min tien, kie mi povus distingiĝi...

Kiel deliranta komencas zumi la kontrabasa kordo. Dominiko kun malfermita buŝo eksilentas. Mikaelo staras kaj rigardas antaŭen, kvazaŭ tie estus la skribotablo kaj malantaŭ ĝi sidus tiu, de kiu dependas la sorto de Dominiko. De malhelo ekaŭdiĝas vigla voĉo.

VOĈO. Mi tiel supozis, Dominiko, ke vi memkritike trarigardos viajn misagojn, komprenos ĉion kaj vin korektos. Estas agrable, ke vi volas pruvi tion per laboro.

DOMINIKO (sidante, flateme). Al mi ankaŭ tre agrablas

VOĈO. Samideano Mikaelo kondutis kiel vera amiko: kritikis vin, interparolis kun vi kaj kondukis vin ĉi tien.

MIKAELO. Mi ne dubas, ke samideano Dominiko pravigos nian konfidon.

DOMINIKO (reakirinte fortojn). Oni tuj enoficigu min. Mi volas tuj komenci laboron. Mi pruvos, ke mi jam rezignis mian eksan konduton.

VOĈO. Do, leviĝu, Dominiko , kaj iru. (Paŭzo) Kial vi sidas?

DOMINIKO. Sed kien mi iru?

VOĈO. Jen la enoficiga letero kaj vi iru, ne plu demandante.

MIKAELO. Prenu vi la enoficigan leteron ...

DOMINIKO (prenas de Mikaelo la enoficigan leteron, enigas siajn piedojn en babuŝojn). Mi iras, jam mi iras ... Mikaelo, vi restu trankvika.

MIKAELO. Sukceson al vi , Dominiko.

DOMINIKO(iras oblikve la scenejon kaj haltas en mallumo ĉe lasta kuliso). Hundo al tiu loko ne irus, sed kion fari, ĉu mi rajtas elekti, kiam ĉiuj sur mi rajdas?

La lumo estingiĝas. Post la kurta paŭzo en mallumo ekaŭdiĝas la brua dancmuziko. Maldekstre en la scenejo aperas malalta pordego kun la ŝildo INFERO. Meze de la scenejo staras malnova skribotablo, sur kiu troviĝas telefonaparato kaj granda porregistra libro. Sur la apuda tabureto ludas gramofono. Divano de Dominiko situas en tiu sama loko. Nur estas forprenita kovrilo. Sur la skribotablo eklumas malnova tablolampo, prilumanta nur tablon kaj seĝon, ĉio cetera dronas en palruĝa lumo. Ĉe la tablo sidas Maljuna Diablo. Li koleras, ĉar muziko kaj interparolo de du loĝantoj de infero malhelpas lin labori. Krome li envias. Li rigardas malice, kiel dancas Juna Diablo kaj Divorciĝinta Diablino. Jen kelkaj vortoj pri diabloj. La pastroj por timigi homojn elpensis la fabelon, ke diabloj estas kornuloj kaj vostohavaj. Sed verdire – ili nur nigras kaj nenio pli. Ĉar, verŝante la peĉon, helĉemize oni ne vestas sin. Ĉi tie – diabloj viroj vestas nigrajn ĉemizojn, nigrajn pantalonojn, nigrajn ŝuojn. Divorciĝinta diablino – ankaŭ en nigra, originala vestaĵo, kurta jupo, aĵuraj ŝtrumpoj. Vizaĝoj ŝajnas kvazaŭ sunbruligitaj. Do, Maljuna Diablo komence kaŝrigardas kaj sulkas frunton. Juna Diablo kaj Divorciĝinta Diablino dancas, eĉ polvo tumultas. Oni dancas moderne. La dancantoj kaj koleriĝinta maljunulo ne rimarkas, kiam ĉe la infera pordego aperas Dominiko. Li haltas, tralegas la nomon de sia nova laborloko, ŝovas kapon tra la pordego kaj fleksiĝinte gapas al la dancantoj. La danco finiĝas. Juna Diablo kaj Diablino falas sur la divanon.

JUNA DIABLO (volas ĉirkaŭbraki Diablinon). Vi dolĉas kiel la sekvinbero, kiel la bombono.

DIABLINO (frapas lian manon). Manojn for, knabo!. Vi atentu, kien vi ŝovas viajn manojn ?!

JUNA DIABLO (ignorante). Ho, ke mi estus almenaŭ centjare pli aĝa!

DIABLINO. Vi pensas, se mi estas divorciĝinta diablino, al mi oni rajtas fari ion ajn? Edzinigu min!

JUNA DIABLO. Mi estas tro juna. Mi vivas el patra poŝo. Sed vi estas varmega virineto, ĥi ĥi ĥi... (Denove li ĉirkaŭbrakas ŝin kaj denove ricevas frapojn je la manoj).

MALJUNA DIABLO (ion skribante en la libro). Tiel decas al li! Lipharoj ankoraŭ ne kreskis, sed jam ĥi ĥi ĥi...

JUNA DIABLO (al Maljuna Diablo). Vi envias?

MALJUNA DIABLO. Mi ne komprenas nur, pro kio ŝi interrilatas kun vi. (Eksonas telefono) Infera akceptejo

... Tuj mi kontrolos (foliumas porregistran libron) Satmortov... Satmortov... (li trovas) Tadeo Satmortov, preĝeja servisto... En la tria subetaĝo devas esti, al mallaboremuloj, hipokrituloj kaj tromanĝintoj . Vi sendu lin en la trian subetaĝon. (metas aŭskultilon)

DIABLINO. El tiuj pajloj ne estos grajnoj, fraŭleto! (ŝi puŝas Junan Diablon tiel, ke tiu ruliĝas de sur la divano) . Vi estas neserioza firmao. (Ŝi iras al Maljuna Diablo) Tute alia estas Maljuna Diablo. Li min edzinigus, se mi ekdezirus. Ĉu tiel estus, "patreto"?

MALJUNA DIABLO (arde). Do, eĉ tuj!

DOMINIKO (tra la pordego de infero). Do, kia estas laboro ĉe vi, mil diabloj?! En la tiome respondeca ofico! (tri diabloj ekrigardas Dominikon, ŝtopiĝinte en infera pordego). Kia ĝi estas tiu ĉi pordego, ke oni devas penetri internen, kvazaŭ en la porhundan budon (finfine sin ŝovas). Ĉu pli larĝan vi ne povas aranĝi? (Paŭzo) Mi vin demandas!

MALJUNA DIABLO (konfuziĝinte). Jes... ni povas... Sed kiu vi estas ? Kion vi bezonas ĉe ni?

DOMINIKO. Ĉu iu instruis al vi ĝentilecon?

MALJUNA DIABLO. Ĉi tie estas la infero, sed kion vi volas?

DOMINIKO. Ho tion! Vi petu, ke mi bonvolu sidiĝi.

MALJUNA DIABLO. Vi bonvolu sidiĝi.

DOMINIKO (sidiĝas sur libetan tabureton). Kiu estas vi?

MALJUNA DIABLO. Mi – Maljuna Diablo.

DOMINIKO. Via ofico?

MALJUNA DIABLO. Mi registras alvenantojn, taksas ilin laŭmerite kaj sendas ilin al konformaj subetaĝoj.

DOMINIKO (al Diablino). Ne okulsignu al mi! Ne tiun vi tentas! (Al Maljuna Diablo) Al kiaj subetaĝoj?

MALJUNA DIABLO. La infero estas naŭetaĝa profunden. Laŭ graveco de la pekoj. Ekzemple, la unua...

DOMINIKO. Vi multe parolas! Senutile muelas per lango! (Al Juna Diablo) Kiu estas vi?

JUNA DIABLO. Juna Diablo.

DOMINIKO. Mi vidas. Via ofico?

JUNA DIABLO (ekmirinte). Mia?

DOMINIKO (primokante). Nu jes, via, ne mia.

JUNA DIABLO. Mi ankoraŭ estas juna, mi vivas el gepatra poŝo.

DOMINIKO. Kio estas viaj gepatroj?

JUNA DIABLO. Mia patro estas la tenejestro de hejtmaterialoj kaj la patrino – lia edzino.

DOMINIKO (severe). Ĉio klaras! Mi scias tiujn tenejistojn. Li ĉesos... Kaj vi ne ŝovados viajn manojn tien, kie ne decas, ne grimacos, sed ricevos laboron kaj laboros kiel diablo. Vi estos mia kuriero. (Returniĝas al Maljuna Diablo). Kaj vi, maljunulo, estos mia helpanto. (Turniĝas al Diablino) Kiu estas vi? Kiu estas via ofico?

DIABLINO (iras al Dominiko surkoksiginte siajn manojn). Kiu estas mi? Kiu estas mia ofico, strioza piĵamo?

DOMINIKO (frapas per la pugno la tablon). Kiel vi parolas kun mi?!

DIABLINO (tute netimiĝinta). Kiomjara vi estas, la kateto striabunda?

DOMINIKO. Kvindek kvinjara, ĉu gravas?

DIABLINO (returniĝas al Juna kaj Maljuna Diabloj). Kia simpatia bebo, a? (Eksonas telefono, sin apogante sur la tablon, ŝi sin alpremas al Dominiko kaj prenas la aŭskultilon). Mi aŭskultas... Mi parolas, Divorciĝinta Diablino... Bonege, fraŭloj, mi venos. (Metas la aŭskultilon) Kuriero, ni marŝos kune. En la sepa subetaĝo Paŭlo Fajno denove ricevis la sendaĵon el Usono.

JUNA DIABLO. Ho, tiu Fajno! Volonte! (Ĉirkaŭbrakas ĉe talio Diablinon)

DOMINIKO. Vi kontrolu viajn manojn! (Elpoŝigas de piĵamo la ĉifitan paperfolion, metas ĝin sur la tablon, glatigas per la polmo). Tio ĉi estas mia enoficiga ordono. Ekde tiu ĉi horo mi sidos ĉi tie kaj ĉion gvidos! (Juna kaj Maljuna Diabloj atente legas skribaĵon).

DIABLINO (okulsigninte al Dominiko). Ĝis, bomboneto. Ne forgesu vi, ke ĉefoj al mi plaĉas. (Ŝi iras)

DOMINKO. Haltu. Ne moviĝu vi!(Diablino haltas). Nenien vi foriros! Vi estos mia sekretariino. (Juna kaj Maljuna Diabloj interrigardas unu la alian). Do, estimataj diabloj, ni komencos labori. Vi obeos al mi, plenumos ĉion, kion mi diros, kaj plej grave – nenia sabotado. Kiu el vi estas sabotanto?(Diabloj sillentas) Sekve, vi ambaŭ estas sabotantoj, forprenu vin diabloj!

DIABLINO. Vi, bomboneto, klarigu al ili, kio estas tiu sabotanto.

DOMINIKO. Kiam mi klarigos, ili ne plu volos! Miajn ordonojn, instrukciojn, direktivojn vi plenumu rapide , senprokraste . (Al Juna Diablo) Iru al mi! Pli rapide! (Juna Diablo aliras, al li mallaŭte diras) Vi plaĉas al mi. Mi konfidas al vi. Vi informos min, kion oni parolas pri mi. Ĉu vi komprenas?

JUNA DIABLO. Jes, mi komprenas.

DOMINIKO (al Maljuna Diablo). Nun aliru vi! (La diabloj interŝanĝas lokojn, mallaŭte al Maljuna Diablo). Se vi havos cerbon, multon atingos. Vi aŭskultu, kion oni parolas kaj tuj sciigu min. Ĉu vi komprenas?

MALJUNA DIABLO. Mi komprenas.

DOMINIKO. Nun vi, sekretariino, aliru. (Diablino aliras) Mi scias – apud mi ili estas flatuloj, fore de mi – ili kondamnos min. Mi ne konfidas al ili. Vi informos min pri ili, kaj ni ambaŭ bonege kunvivos.

DIABLINO. Nur tiom?... Tute neagresema... (ŝi iras al divano).

DOMINIKO (sidas ĉe la tablo). Do, ni interparolis, komprenis unu la alian kaj ni povas sukcese komenci laboron. Kaj laboro ne estos facila. Sed ni haltos antaŭ neniaj baroj, antaŭ obstakloj, nin ne timigos malfacilaĵoj, nek noktaj fantomoj, ni strebos pravigi la konfidon prezentitan al ni desupre. Vivu la diableco! Hura!

ĈIUJ. Hura!

DOMINIKO (al Juna Diablo). Ĉu vi scipovas pentri literojn?

JUNA DIABLO (kunfrapas kalkanumojn). Ĉu vi ordonos pentri?

DOMINIKO. Vi pentru nigre sur blanko. "Bonvenon en Infero" kaj horojn de la akceptado. (Al Maljuna Diablo) Kutime kiel tio okazadis ĉe vi ĝis nun ? Kiam iu venas al vi el la surtera mondo, tiam tiu tuj penetras tra la pordego? Nun venantoj sidos malantaŭ la pordego kaj atendos. Malbona estas la oficeja estro, se mankas la vico de atendantoj. Mi akceptos la atendantojn ekde la dek unua ĝis dek tria nulo nulo. Plenumu! (Juna Diablo foriras)(Al Maljuna Diablo) Vi sidiĝu kaj sciigu al mi la specifecon de infera laboro. (Al Diablino) Kaj vi, la dolĉa bero, prenu la notlibron kaj registru miajn rimarkojn.

MALJUNA DIABLO (Malfermas porregistran libron) Jen ĉi tie –la listo de hodiaŭaj alvenintoj... persona nomo, familia nomo, naskiĝjaro, profesio, pezo, konfeso kaj pro kiuj meritoj venis al ni...

DOMINIKO. Ekzemple ?

MALJUNA DIABLO. Jen, antaŭ kvin horoj venis kaj en la tria subetaĝo kaldronigita Simeono Tusko, filo de Nikodemo, verkisto.

DOMINIKO. En kiu agadkampo li laboraĉis, kion verkaĉis?

MALJUNA DIABLO. Satiristo, humuristo. Kaj pri nenio li sin ĝenis. Lin interesis nur mono. Lia pezo - cent dek kilogramoj. Sekve lia vorto estis grava. Turniĝis li ĉie kiel fekaĵo en la glacitruo kaj ĉi matene etendis la gambojn pro la plena demenco.

DOMINIKO. Bone. Plue.

MALJUNA DIABLO. Antaŭ du horoj kun muziko venis al kvara subetaĝo Paŭlo Karuzo, la ĉefo de vendejo. Li ŝatis koruptmonon kaj alian diversan valoraĵon. Li posedis tre grandan poŝon. Iuj kontrolis tiun poŝon kaj lia koro ne eltenis. Kaj li krake falis.

DOMINIKO. Kiel li sentas sin nun?

MALJUNA DIABLO (telefonas). Halo! Ĉu la kvara?... Kiel hejtas sin la novico?... (Al Dominiko) Bone. Li kombinas por si apartan kaldronon... La varmo, onidire, ostojn ne damaĝas.

DOMINIKO (al Diablino). Notu: La varmo ostojn ne damaĝas.

DIABLINO. Mi notis.

DOMINIKO. Nun pri la statistiko de hejtaĵo. Vi bruligis ĝin, kiam volis, kiel volis kaj kiom volis? La normojn vi ne havis?

DIABLINO. Bomboneto, tie ĉi estas la infero.

DOMINIKO. Eĉ en la infero devas esti la ordo!(Al Diablino) Notu: po du kubaj metroj da ekbruligaĵo kaj po dudek tunoj da karbo por unu etaĝo. Ĉu sufiĉos?

MALJUNA DIABLO. Ĉu por unu tago?

DOMINIKO. Por monato.

MALJUNA DIABLO. Ĉu, kion vi pensas?! Ili frostumiĝos. Vi konsultiĝu kun la etaĝestroj, kun la hejtistoj mem kaj nur tiam decidu pri la normoj.

DOMINIKO. Ne estas kaŭzo por interkonsultiĝi. Mi scias, kiom ili petus. Ili lernu labori laŭ plano donita de mi. (Al Diablino) Punkto. (Al Maljuna Diablo) Pro kio vi staras kvazaŭ virinaĉo ĉe faruno?

MALJUNA DIABLO. Mi atendas ordonon.

DOMINIKO. Ĝuste tiel! Nenion vi faru sen mia ordono, se vi volas bone kunvivi kun la plialte starantaj. Tion vi metu en vian kapaĉon. (Perfingre piketas la frunton de Maljuna Diablo).

JUNA DIABLO (Enkuras). "Bonvenon" – ĉu kun "no" en la fino? Kaj kion ĝi signifas?

DOMINIKO. Certe kun "no" en la fino. Ĝi signifas "bonan alvenon, saluton" en Esperanto. (Juna Diablo foriras)

MALJUNA DIABLO. Ni ne bezonas Esperanton.

DOMINIKO. Mi scias, kion vi bezonas kaj kion ne. Hodiaŭ post laboro komenciĝos lingvokurso de Esperanto. Ĉeesto de ĉiuj diabloj nepras. Gvidos mi mem. Ĉu vi komprenis?

MALJUNA DIABLO. Sed mi pensis...

DOMINIKO. Se vi mem pensos, nenion vi atingos. Se ĉi tie estus iu lavejo aŭ necesejo, mi dirus nenion. Tamen ĉi tie estas akceptejo de la infero kaj la muroj estas nudaj. Tuj pendigu afiŝojn, sloganojn, sed plej gravas la anonctabulo. Ĉu vi ie vidis gravan oficejon sen anonctabulo?

MALJUNA DIABLO. Ĉar neniu ĉe ni ion skribas, nek legas.

DOMINIKO. Vi mem skribu, mem legu, tamen la anonctabulo devas esti.

MALJUNA DIABLO. Mi obeas. Anonctabulo estos.

JUNA DIABLO (enportas sur la kartono skribaĉitan : "Bonvenon en infero!" kaj horaron de la akceptado). Kiel plaĉas al vi?

DOMINIKO (de ĉiuj flankoj esplorrigardas la plenumitan taskon). Io, tio... Literoj tre... tre originalaj. Krisigno similas la trifingraĵon. Akceptadhoroj... Do, ni tuj najlos ĝin sur la pordegon. (Al Maljuna Diablo) Prenu la martelon, najlon kaj najlu. (Dominiko kaj Maljuna Diablo iras tra la pordego eksteren kaj najlas).

JUNA DIABLO (mallaŭte). Nova balailo forte balaas...

DIABLINO. Li unujn peladas, aliajn protektas...

DOMINIKO (al Maljuna Diablo, kiu najlante ŝildon maltrafas najlon kaj vundas sian fingron). Vi eĉ najli ne scipovas! Blankmanulaj dibloj! Por vi nur muziko, amo... (Forpreninte de Maljuna Diablo la martelon, najlas mem).

JUNA DIABLO. Dalila pereigis Samsonon. Ĉu vi memoras tiun porinstruan historion el sankta skribo? (Iras al sidanta Diablino) Vi trovu lian malfortan lokon, lian inklinon. Vi helpu forigi lin...

DOMINIKO (aranĝinte la aferon ĉe pordego, eniras internen). Ho, kio okazas ĉi tie?! Mi tra la pordegon, kaj vi malnovajn melodiojn ludas? (Tondrovoĉe) Sentaŭguloj! (Subite ekridas) Ĥa ĥa, ektimis vi... Kie regas timo, tie estas obeemo kaj laboro. Vivo sentima – plena malordo! (Al Diablino) Notu tiun ĉi penson. (Post kurta paŭzo) Kiu vidigos al mi tutan inferan mastrumon?

JUNA DIABLO. Mi povas.

MALJUNA DIABLO. Kaj mi povas.

DOMINIKO. Ne, ĉion vidigos al mi mia sekretariino. Kien , la bereto dolĉa, ni iros unue?

DIABLINO. Eble en la kvinan?

DOMINIKO. Kiuj nestas tie?

DIABLINO. Arogantuloj, personeculoj, diktatoroj...

DOMINIKO (interrompas). Ho ne. Mi ne volas tuje renkonti kon-atojn. Vi konduku tien, kie estas plej mallume, por ke ni povu iomete konsultiĝi . (Prenas Diablinon je subbrako kaj ambaŭ foriras)

JUNA DIABLO (post kurta paŭzo, malgaje). Sur niaj feloj li pentofaros siajn surterajn pekojn. (Eksonas telefono).

MALJUNA DIABLO (telefone). Tie ĉi estas mi, Maljuna Diablo el akceptejo... Divorciĝinta Diablino foriris kun la nova ĉefo... Ili venos ankaŭ al vi por aranĝi la ordon... Nek duonvorte vi kontraŭu al li. Kion li diros, tion vi ripetu. Enkapigu vi poreterne: li sola scias ĉion, ĉion gvidas kaj vi nur plenumu... Mi ne scias, dibloj, kio sekvos plu. Ne scias mi kio atendas nin... (kun malrespekto rigardas al Juna Diablo)

III

Estingiĝas lumo. En mallumo mallaŭe aŭdiĝas malgaja melodio. Post la paŭzo la scenejo denove estas prilumata. La akceptejo de infero aspektas nove. Sur la muro pendas sloganoj : "Ni ŝparu hejtaĵon!", "Ni priservu ĉiun urĝe!", "Ĉiu diablo lernu Esperanton!", "Esperanto – internacia lingvo". Ĉe la skribotablo sidas Dominiko en tiu sama piĵamo. Divorciĝinta Diablino kombas liajn harojn per broso.

DOMINIKO (tre kontenta). Jen, kion mi plenumis dum unu semajno. La ordo kiel en bona prizono!

DIABLINO. Neniu egalos al vi, bravulo vi mia plej kara.

DOMINIKO (pinĉis la flankon de Diablino). Aha! Vi ne eraris, frago vi mia plej dolĉa... (Telefono eksonas) Ĉefo aŭskultas! (Diablino tiklas liajn orelojn. Dominiko skuiĝas, moviĝas, poste abrupte forpuŝas ŝin kaj iĝas severa, telefone parolas) Nun mi komprenas tiun vian vantbabilaĵon! Neniom vi ricevos! Kiom da karbo mi planis por vi dum tiu ĉi monato?... Jes. Ĉu vi ricevis? Kaj jam ĉion bruligis?! Vi forvendis ĝin flanken, friponoj! Kio?! Ĉu kaldronoj ne bolas?! Proprakoste hejtu!... Silentiĝu! Mi donos al vi!... Transdonu vian oficon al Straba Diablo. Tuj! (Frapĵetas la aŭskultilon)

DIABLINO (montras spegulon). Ekrigardu, kia vi estas simpatia, karulo.

DOMINIKO (ĝuas pri si mem). Jes, vere... Sed mia edzino tie, sur la Tero, diris, ke mi estas vera timigilo. Ĉu oni povas kompreni la virinojn: por unu -bela, por alia – timigilo. (Milde) Kiom da edzoj vi havis?

DIABLINO (modeste). Kvar.

DOMINIKO. La kvaran vi forpelis pro kio?

DIABLINO. Ampleksan fiŝon mi sonĝis... Vi aĉetu por mi novan peltaĵon. Denove tiu Fajno sendaĵon ricevis. (Premas sin al Dominiko)

DOMINIKO (kontenta). Vi ricevos. (Bedaŭrinde iliajn interrilatojn rompas veninta Juna Diablo) Mil diabloj , kio okazas ĉi tie!

JUNA DIABLO. Mi kun Maljuna Diablo anonctabulon aranĝas. Mi tajpas, li dismetas anoncojn kaj fiksas ilin.

DOMINIKO. Pro kio vi perturbiĝas ĉi tie? (Kaptas la interrigardojn de Diablino kaj Juna Diablo) Kial vi rigardas unu la alian tiel dolĉe?!

DIABLINO. Mi rigardas kaj ne volas kredi: dum unu semajno el tiu flavbekula diableto vi faris normalan diablon.

DOMINIKO (kontenta ekridas) Ĥa ĥa ĥa... (Al Juna Diablo) Kion vi bezonas, eksflavbekulo?

JUNA DIABLO. Riparantoj de la infera pordego ignoras viajn ordonojn.

DOMINIKO. Listu iliajn nomojn!

JUNA DIABLO. Tiuj diabloj multas, viaj ordonoj eĉ pli multas – ĉio miksiĝis. Ili laboras, kiel ŝajnas al ili pli bone.

DOMINIKO. Kion?! Ĉu ili ne plenumas mian projekton!? (Al Juna Diablo) Sidiĝu kaj skribu.

JUNA DIABLO. Sed kion faros la sekretariino?

DOMINIKO. Vi skribu, se mi diras! (Sidigas Diablinon sur divanon) Ordono , la numero kiu?

JUNA DIABLO (malfermas porregistran libron). Tricent tridek tria.

DOMINIKO. Do. Vi skribu. La ordono tricent tridek tria. Ordono, ke ĉiuj miaj ordonoj estu legataj kaj plenumataj, ili ne nur estu registrataj kaj ligataj en aktujon. Ĉu vi finskribis?(Telefono eksonas, Juna Diablo prenas aŭskultilon)

JUNA DIABLO... . Jes, la infera akceptejo...

DOMINIKO. Kiu tie?

JUNA DIABLO. La ĉefo Belzebubo petas...

DOMINIKO (forprenas aŭskultilon, dolĉavoĉe). Halo! Mi aŭskultas... Mi... Jes, tre agrablas... Mi tuj... Dankon, ni laboras, la taskojn plenumas, ni marŝas antaŭen... Mi mem zorgos, por ke oni vin veturigu. (Metas aŭskultilon) Vi disiru nenien, atendu min! (Foriras)

JUNA DIABLO. Belzebubo veturos fiŝkapti.

DIABLINO. Malfortiĝis vi, mia arda diableto. Okuloj paliĝis, la sentoj estingiĝis.

JUNA DIABLO. Malfacilas la vivo en la infero – ne amo enkapas.

DIABLINO. La manoj malvarmiĝis...

JUNA DIABLO. Mi tuta malvarmas. Hieraŭ ĉe la ŝtelistoj mi enkaldroniĝis, sed tie ankaŭ malvarmas- dento sur denton frapas. Nur pro li al ni malbonas.

DIABLINO. Onidire diabloj skribis la plendon. ?

JUNA DIABLO. Jes, ni verkis ĝin. Ni atendas respondon. (Kisas la manojn de Diablino) Vi helpu al ni forigi lin. Se vi aliĝos al ni, - ni venkos!

DIABLINO. Vi tia denove plaĉas al mi.

JUNA DIABLO. Malaperis ĉe ni la gajeco, malaperis bonhumoro, libera vorto – ĉio malaperis. Mia patro min fordonos al vi – nur helpu! (Eniras Maljuna Diablo , portante anonctabulon "La varmo ostojn ne damaĝas". Laciĝis maljunulo, apenaŭ paŝas)

DIABLINO. Nu, patreto, kiel vi prosperas ? Ĉu via amo ne forvaporiĝis?

MALJUNA DIABLO (kvazaŭ el sub la tero). La estro de la sesa subetaĝo forkuris. Kune kun la edzino, kun geinfanoj. Neniu scias kien. Pretas ankaŭ aliaj diabloj diskuri. (Subite surgenuiĝas antaŭ Diablino kaj krias) Savu nin! Kompatu, faru ion!

DIABLINO. Pli laŭte parolu, mi ne aŭdas!

MALJUNA DIABLO. Savu nin! Belajn virinojn eĉ mem Lucifero, ĉefĉefo, obeas.

DIABLINO. Sed kiel vin savi?

JUNA DIABLO. Vi iru al tiu, kiu sendis lin al ni!

DOMINIKO (eniras kaj trovas ambaŭ diablojn surgenue antaŭ Diablino, ekmirinte). Kio okazas ĉi tie?... Kion vi faras, mi demandas?!

DIABLINO. Vidu, karulo, tiuj ĉi diabloj ankoraŭfoje pruvas, ke por junulo kaj maljunulo, en facila kaj malfacila tempo, la amo estas bezonata kiel la aero, pano kaj mono! Mi pardonpetas, por kelkaj minutoj mi deflankiĝos.

DOMINIKO. Vi restu surgenue! Ne moviĝu, sentaŭguloj! (Al Diablino) Kaj vi kien?

DIABLINO (provoke). Bomboneto, kiu, do, demandas virinon, kien ŝi iras? Ne ĝentilas. (Foriras)

Maljuna kaj Juna Diabloj surgenuas. Dominiko ĉirkaŭiras ilin de unu flanko, de alia flanko, haltas antaŭ ili, metante la pugnojn surkoksen.

DOMINIKO. Do, vi amon ekbezonis , fiuloj, sentaŭguloj? Sekve laboro por vi estis tro facila, ĉar viaj sentoj ankoraŭ moviĝas. (Minacas per pugno) Mi forpelos la amon el viaj kapaĉoj! Diabloj scias, kio okazas ĉi tie! Amon ili bezonas! En laborejo! Tagmeze! Sed mi pensis, ke mi ĉion ordigis. Tro milde mi kun vi, tro homece. Oni devas jen kiel teni vin!(Premas la pugnon) Nu, kiel vi pravigos vin, maljuna senpluma koko?!

MALJUNA DIABLO. Mi kulpas.

DOMINIKO. Kaj vi, diboĉema ventkapulo?!

JUNA DIABLO. Mi ankaŭ kulpas.

DOMINIKO. Por ke ne plu ripetiĝu similaj aferoj! Ĉu vi komprenas?

JUNA DIABLO kaj MALJUNA DIABLO (kune). Ni komprenas.

DOMINIKO. Nu, leviĝu vi. (Al Maljuna Diablo) Montru al mi tiun anonctabulon. (Legas) Jes, jes, jes... Bone. (Subite frapas per fingro) Kaj kio estas ĉi tie?

MALJUNA DIABLO. Tripunkto.

DOMINIKO. Kaj kio sin kaŝas en tiu tripunkto? Pro kio la penso nefinita? Pro tio, ke vi fosas por mi la kavon! Ĉu tiel? (Ambaŭ diabloj silentas) Mi vin ambaŭ traen vidas, malicaj fiuloj! Ĉi tie estas skribite : "Laboro por ni ankoraŭ multas... " kaj tripunkto. Sekve: "kaj dubinde, ĉu Dominiko Orban sukcesos plenumi ĝin!". Tiel, ĉu ne ?!

JUNA DIABLO. Gardu nin Dio, ni pensis nenion similan.

DOMINIKO. Dum mi estas ĉi tie, mi scias, kion vi havis, havas kaj havos en viaj kapoj! La frazon vi finu tiel : "Laboro por ni ankoraŭ multas, tamen Dominiko Orban kuspe faldos la manikojn (Faldas la manikojn) kaj ni, gvidataj de li, la planon plenumos kaj superplenumos". Punkto. Foriru kaj korektu. Kaj ne plu estu la tripunkto! (Ambaŭ diabloj foriras. Dominiko kuŝ-iĝas sur la divanon, metas gambon sur gambo kaj parolas al si mem) Kion vi diros pri Dominiko Orban, sinjoroj ĉefuloj? (Iom silentas) Bone, vi diros. Modela gvidanto, rigora, principa, ambi-cia... (Iom silentas). Agrablas al mi, ke mia modesta laboro plaĉas al vi... Dankon. Tamen, estimatoj, kiam vi lasos min reveni?. .

DIABLINO (senrimarke reveninta). Baldaŭ, jam baldaŭ, Domi-niko.

DOMINIKO (ekatentas). Kio?

DIABLINO. Ne lasu min sola, karulo.

DOMINIKO. Ho, kiel vi timigis min!

DIABLINO. Karulo, kiel mi sopiras pri...

DOMINIKO. Pri mi?

DIABLINO. Ne, karulo. Mi sopiras pri tiu sondisko. Mi volas danci, amuziĝi...

DOMINIKO. Ĉu decas , ke mi, la estro de la oficejo, dancu kun vi? Nu, sed kio koncernas la virinojn, mi neniam estis severe principema. (Donas ŝlosilon) En la dekstra tirkesto, desupre la dua.

DIABLINO. Vi estas tre afabla. (Malŝlosas tirkeston, prenas kaj surmetas la sondiskon, jam pli frue aŭditan. Ŝi rigardas al Dominiko kaj ridetas) Nu, stririĉa mia piĵamo. (Invitas danci)

DOMINIKO. Tento senfina! (Malkuraĝe leviĝas) Diablo scias, kio okazas al mi. Mi scias, ke tio ne decas, tamen sin deteni mi ne sukcesas.

DIABLINO. Pli proksimen iru, karulo.

DOMINIKO. Mi ŝlosos pordegon, por ke oni ne ekvidu. (Ŝlosas) Ĉu vi ne timas min?

DIABLINO. Mi jam ne plu timas.

DOMINIKO. Mi mortbrulos! Mi mortbrulos kaj vin bruligos! (Iras al Diablino, ĉirkaŭbrakas ŝin kaj dancas)

Malantaŭ la infera pordego aperas Mikaelo. Li haltas, ĉirkaŭrigardas kaj, leginte la ŝildon, frapas pordegon. La dancantoj ne aŭdas. Denove li frapas al infera pordego. Neniu aŭdas. Ĉimomente Dominiko ĉesas danci kaj, viŝante la ŝviton, falas sur la divanon.

MIKAELO. Malŝlosu la pordegon!

DOMINIKO. Kiu tie bruas?! Ĉu vi ne rimarkas la horaron de la akceptado?! Sidiĝu vi envice kaj atendu!

MIKAELO. Ĉu al la infero jam estas vico? Dominiko! Orban! Tie ĉi estas mi!

DOMINIKO. Kiu vi estas?! Kion vi bezonas?!

MIKAELO. Mikaelo. Musko.

DOMINIKO(timiĝinte). Vi?!

DIABLINO. Kiu estas tie?

DOMINIKO. Iru vi al diabloj kun viaj dancoj! Se li ion aŭdis, al mi la maŝo sur la kolo.

MIKAELO (krias). Dominiko, ĉu mi longe devos atendi!?

DOMINIKO. Tuj, Mikaelo, tuj. (Al Diablino) Malaperu de miaj okuloj!

DIABLINO (malice). Malaperos ankaŭ vi, piĵamo strioza... (Foriras)

DOMINIKO (malŝlosas inferan pordegon kaj ŝovas eksteren la kapon). Bonvenon, Mikaelo, estu salutata...

MIKAELO. Saluton, Dominiko. Ĉu malantaŭ la pordego ĉiuj venintoj atendas tiel longe ?

DOMINIKO. Ŝlosilon mi ŝovis ien. Mi petas internen, Miĉjo.

MIKAELO (montras ŝildon). Ĉu via fantaziaĵo?

DOMINIKO. Kiu alia elpensos, se ne mi... Por ke tuj estu videble, ke en la infero oni atendas vin kaj afable renkontas.

MIKAELO. Kaj la horaro de akceptado?

DOMINIKO. Ankaŭ mia kreaĵo. Nun estas la ordo. Ekzemple, hieraŭ malantaŭ la pordego atendis impona vico. (Mikaelo eniras tra la pordego internen) Nu, kiel plaĉas al vi? Kiam mi venis ĉi tien, la muroj estis nudaj. Kaj nun, bonvolu, la afiŝoj, sloganoj, anonctabulo... Ĉu vi ne bedaŭras, min protektante?

MIKAELO. La anonctabulon mi ne vidas.

DOMINIKO. Tuj oni alportos (Frapas manplaton al manplato, alkuras Maljuna Diablo) Alportu vi anonctabulon!

MALJUNA DIABLO. Tuj!

DOMINIKO. Ĉu la tripunkton vi forigis?

MALJUNA DIABLO. Jes.

DOMINIKO. Alportu. (Maljuna Diablo forkuras) Ĉu vidas vi, kiel mi trejnis ilin?

MIKAELO. Mi vidas. Interalie, pro kio la tripunkto ne plaĉas al vi?

DOMINIKO. Tripunkto signifas la nefinitan penson. Sed pro kio ĝi ne estas finita? Pro tio, ke parto de la frazo, kiu estas skribita, politike eble veras, sed tio, kio kaŝas sin en la tripunkto, jam estas direktita kontraŭ iu. Kaj ne kontraŭ iu, sed kontraŭ gvidantoj kaj ilia aŭtoritato! Sekve, oni ŝovas la ŝtipon en la radojn de nia veturilo, oni bremsas nian komunan laboron. Komprenable, ni tion ne permesos. Ni devas ĉion scii kiel dufoje du. Neniajn tripunktojn! (Maljuna kaj Juna Diabloj alportas anonctabulon) Vi metu ĝin. Vi, Mikaelo, nur tralegu, - mem titolo kiom valoras. "La varmo ostojn ne damaĝas". Mi mem pripensis. (Sidiĝas ĉe la tablon) Kiam mi venis ĉi tien, - oni dancis, amindumis, ĉion senzorge malŝparis.

JUNA DIABLO (subite impetas al Mikaelo). Divorciĝinta Diablino diris, ke li aperis ĉi tie kun via protekto. Vi reprenu lin, bonvolu!. . Ni jam skribe petis. Diablino persone sin turnis.

MALJUNA DIABLO. Vi pereos.

JUNA DIABLO. Tutegale jam fino atendas nin. (Al Mikaelo) Li nenion konsideras, neniun konfidas, ĉion ordigas mem, tamen pri la specifeco de la infera laboro li komprenas nenion.

DOMINIKO. Ĉu mi, - nenion komprenas?!

JUNA DIABLO. Vi! Ni jam ne scipovas esti diabloj. Ducent veraj diabloj diskuris!

MALJUNA DIABLO. Pura vero, alte estimata...

DOMINIKO (frapas per la pugno tablon kaj ekkrias). Kaj vi, MaljunaDiablo, kontraŭ mi !? Ŝoviĝis la aleno el la sako!

MIKAELO. Ne nervoziĝu, Dominiko.

DOMINIKO. Kial mi ne nerviziĝu?! Kio estas mi, ĉu peco de

glacio?! Ŝtono?! Mi tutan mian sanon, miajn kapablojn por ili fordonis, sed ili per ŝtono frapas mian kapon! (Al diabloj) Malaperu vi de miaj okuloj!

MALJUNA DIABLO (al Juna Diablo). Ni iru.

MIKAELO. Atendu vi. Necesas reciproke ĉion klarigi al si mem.

DOMINIKO. Mi ĉion klarigos al vi. (Al diabloj) Forkuru vi!

MIKAELO (firme). Vi atendu!

DOMINIKO. Ĥa, vin speciale oni sendis ĉi tien? Ĉu vi kun ili komune ?

MIKAELO. Tio ne malhelpas ekspliki la veron.

DOMINIKO. Sekve, vi serĉas la veron? (Malice) Unue vi diru, ĉu venis vi kiel gasto, aŭ kiel konstanta loĝanto? (Aliras Diablino. Kapklinas al Mikaelo, ridetas)

MIKAELO. Konstanta.

DOMINIKO (frotas la manplatojn). Aha!... En kiun subetaĝon vin?

MIKAELO (ridetante). Kaj ... , kiel ŝajnas al vi?

DOMINIKO. Nu, se paroli malkaŝe, do estu malkaŝe –la samideano, proksimulo, parenco vi estas, tamen – granda sentaŭgulo, fiulo, kasistaĉo. Vi veturu profunden, karulo, al la lasta, naŭa subetaĝo.

MIKAELO. Tamen mi havas ordonon pri labordisponigo resti supre.

DOMINIKO. Ĉu en la unuan etaĝon? Tie – rekonstruado. Vi devos varmiĝi malsupre.

MIKAELO. Pro kio malsupre, Dominiko? Ja ni estas parencoj, samklubanoj. Mi garantiis pro vi...

DOMINIKO. Sed mi ne garantius pro vi. La suspektinda fiulo vi estis por mi, kaj restis tia.

MIKAELO. Sed vi komprenebla por mi estis kaj tia restis. Tamen mi, malsaĝulo, garantiis pro vi. Kaj nun mi mem pro tio aperis ĉi tien.

DOMINIKO. Mi petas senride!

MIKAELO. Mi parolas senride, Dominĉjo. Jen , legu –mia en-oficiga ordono. Oni sendis min, por elĉerpi la kaĉon , kiun vi bruldifektis ĉi tie.

DOMINIKO (traleginte la ordonleteron). Aĥ, jen kiel... Vi fosas por mi la kavon... Do... Estu tiel, kiel vi volas. Mi devos reveni kaj plu vivi kun mia edzino... , ĉu?

DIABLINO. Ho ne, karulo, ni lasos vin nenien. (Al Mikaelo) Jen, vi subskribu ordonon. Supre ĉe ni malvarmas, la hejtaĵo- disipita, ni sendos lin profunden. (Mikaelo subskribas)

DOMINIKO. Vi ŝercas, Mikaelo. Ja mi ankoraŭ vivas.

MIKAELO. Ne, Dominiko, vi jam antaŭlonge mortis. (Returniĝas al diabloj) Vi portu lin kun muziko al la plej varmega kaldrono. Li ŝatis la varmajn lokojn.

JUNA DIABLO. Nu, koketo senpluma, ni iru?

MALJUNA DIABLO. Ni ne prokrastu...

Diablino funkciigas gramofonon. Ambaŭ diabloj proksimiĝas al dorsdirekten iranta Dominiko, ĝis tiu sin apogas dorse la pordegon.

DOMINIKO (balbutas). Estimataj, pro kio vi tiel? Mi volas ankoraŭ vivi... Se vi decidis tiel, mi konsentas reveni al mia edzino.

MIKAELO. Tro malfruas, Dominiko. La ordono jam subskribita. Iru vi kun la diabloj...

DOMINIKO (krias). Ne! Mi ne volas! Mi ne iros! Mi ne subiĝos! (Kliniĝas kaj pretas kuri tra la pordego)

Juna Diablo kaptas lin je piĵama pantalono. Dominiko elpantaloniĝas kaj restas kun pantaloneto kaj kun unu babuŝo. En la akompano de la rido kaj gaja muziko, li fulmrapide aperas sur la Tero. Estingiĝas la lumo. Po iomete silentiĝas gramofono. Kiam lumĵetilo denove prilumas la divanon, sur ĝi, kiel komence, kuŝas Dominiko, kaj apude sidas Mikaelo. Denove zumas la kontrabasa kordo. Restis nur unu slogano: "Esperanto-internacia lingvo". Dominiko, turmentigata de terura sonĝo, ĝemas kaj turniĝadas.

MIKAELO (prenas Dominikon je ŝultro kaj skuas). Vekiĝu, Do-miniko. Kio okazas kun vi? Dominiko!

DOMINIKO(subite sidiĝas, ĉirkaŭrigardas). Kie estas mia pantalono?

MIKAELO. Ĝi estas vestita sur vi. Vi levu kovrilon kaj ekrigardu, neniu forprenis ĝin dum vi dormis...

DOMINIKO (ekrigardas sub la kovrilon kaj pli facile ekspiras). Dankon al Dio, ĝi estas... Ĉu vi delonge sidas ĉi tie?

MIKAELO. Mi ĵus venis.

DOMINIKO. Ĉu dormante mi parolis ion, kion ne decis paroli?

MIKAELO. Vi turniĝadis, ion murmuris... Tamen parolis nenion klaran.

DOMINIKO. Pro kio vi ne finis la penson?

MIKAELO. Vi ĉesu suspektadi. Mi kompatis kaj vekis vin. Kaj nun leviĝu vi kaj ni iru.

DOMINIKO. Kien ni iru?! Kien?!

MIKAELO. Pro kio vi tiel timiĝis? Ne timu, ne en la inferon...
Dominiko ŝirmas sian vizaĝon per manplatoj kaj denove vidas diablojn kaj Divorciĝintan Diablinon kun la ordonletero enmane.

DIABLINO (mallaŭte, kvazaŭ el sub la tero). Pro kio vi ne volas al ni reen? Vi ja apartenas al ni, bomboneto striita. Jen via vojaĝkarto.

JUNA DIABLO (ankaŭ mallaŭte). Mi staras ĉe la pordego kaj atendas vin reveni. Vi faru nin feliĉaj...

MALJUNA DIABLO. Apenaŭ vi forlasis nin, tuj muŝoj sidiĝis sur viaj afiŝoj, sloganoj, sur anonctabulo... Ili ne timas nin. Revenu vi kaj timigu ilin.

JUNA DIABLO. Revenu vi kaj subskribu tricent tridek kvaran ordonon, por ke muŝoj ne kuraĝu sidiĝi kaj ne malpurigu.

MALJUNA DIABLO. Alvenantoj ne konsideras la horaron, penetras tra la pordego kiel porkoj...

DIABLINO (iras al Dominiko). Vi prenu vian vojaĝkarton, kaj ni revenu. (Returniĝas al diabloj) Vi helpu lin leviĝi. Li iros kun ni.

DOMINIKO (malŝirmas la okulojn kaj ekkrias). Mikaelo, ĉu vidas vi?!

MIKAELO. Vekiĝu, Dominiko! Vi denove sonĝas.

DOMINIKO. Ili iras al mi! Ili forkondukos min! Oni savu min!

ĈIUJ TRI GEDIABLOJ (kune). Vi iru al ni, ni portos vin surmane.

DOMINIKO. Adiaŭ, Miĉjo. La koro... (Falas surdorsen)
La gediabloj malaperas. Kvazaŭ la sonorilo sepulta sonas kontrabasa kordo.

MIKAELO (palpas la pulsadon de Dominiko, netrovinte ĝin, ekstaras, iras al la mezo de scenejo kaj nek gaje, nek malgaje parolas al spektantoj). Ŝajnas, ke Dominiko Orban forlasis nin por ĉiam. Rara estis ekzemplero...

DOMINIKO (sinlevinte sur kubutoj). Ankoraŭ mi ne forlasis vin, vi ne ĝoju! Tiuj, kiel mi, estas rezistemaj, vivfortaj! Ĥa ĥa ĥa... ĥi ĥi ĥi. Tiel facile vi ne forpuŝos min! (Leviĝas kaj iras al Mikaelo) Do, Mikaelo, kiel estos plu? Ĉu oni redonos al mi Esperanto klubon?

KURTENO

Ralph Glomp

Mi estas Neniulo

Murdo-pensoj de dungita murdist(in)o

Tempo kaj loko: Nuntempo. Ordinara loĝĉambro – la loĝĉambro de mortigita persono. Sur la kaftablo staras ŝakludo, kaj sur la sofo aŭ en fotelo troviĝas vira kadavro kun pafo en la brusto. Sur komodo staras telefono. Estas apartamenta pordo kaj fenestroj, fermitaj per kurtenoj.

La personoj:

Ĵani (Ĵ) [vira/virina/diversa]: Tute konformisma persono kiel dungita murdist(in)o, en nigra kostumo, kun nigraj sunokulvitroj, rozkoloraj dommastrumaj gantoj el gumo, kaj bluaj plastaj sakoj sur la ŝuoj por eviti spurojn. En la mano, Ĵani tenas pistolon.

Filino **Elizabeto (E)**, edzino **Abelina (A)**, manĝaĵliveristo **(M)**, picisto **Luigi (L)** kaj **polica proklamo (P)**, kiuj povas esti antaŭeregistritaj kaj ludataj aŭ liverataj vive. Oni nur aŭdas la voĉojn; la roluloj ne aperas videble.

(Indiko de la aŭtoro: La teatraĵo funkcias ankaŭ kiel parolteatraĵo sen kantoj (daŭro ĉirkaŭ 75 minutoj) kaj povas esti ludata de viro, (lesba) virino aŭ diversa persono. Tial la genroneŭtrala nomo „Ĵani" aŭ nomo laŭ via elekto. La rolo povas esti tre bone ludata de persono kun handikapo. La teksto estas indikata en virina kaj vira formo, en la teatraĵo oni diras, ke la gazetoj kaj la polico ne scias, ĉu la murdinto(j) estas virino aŭ viro. Elektu tion, kio plej taŭgas por vi.)

Akto 1

Ĵani eniras antaŭ la kurtenon en stilo de sekreta agent(in)o. Ĵani portas malhelan kostumon, nigrajn sunokulvitrojn, rozkolorajn dommastrumajn gantojn el gumo, bluajn plastajn saketojn sur la ŝuoj kaj pistolon en la mano. Ĵani turniĝas al la kurteno kaj pafas, restas senmova en tiu pozo, la lumo estingiĝas, la kurteno malfermiĝas. Sur la sofo aŭ en fotelo sidas kadavro kun sangoplena pafo en la brusto. Ĵani ŝultroleve metas la pistolon for, sidiĝas apud la viktimo kaj klarigas al li la situacion.

Ĵ: Pardonu, kamarado. Nenio persona. Nur laboro, mia laboro. Ne, por ke tio estu persona, ni devus almenaŭ koni unu la alian. Aŭ renkontiĝi ie. Sed ni ne renkontiĝis. Mi ja observis vin dum sufiĉe longa tempo, sed ni neniam parolis. Verŝajne vi eĉ ne rimarkis min. Mi ja ĉiam agas tre diskrete. Kaj tamen, kvankam ni ne konas unu la alian, vi nun estas morta. Ĉu vi pensis pri tio, kiam vi leviĝis hodiaŭ matene? Iuj homoj havas antaŭsenton. Ili tre maltrankviliĝas kiam ili vidas min. Sed tiam estas jam tro malfrue. Via rigardo estis pli ĝenata. Ĉu mi interrompis vin dum gravaj aferoj? Nu, vi ne plu povos rakonti tion al mi. Tio estas la bedaŭrinda afero pri mia laboro: oni renkontas multajn homojn kaj tamen ne povas konversacii kun ili. Nur „post mortem", kiel ni du nun. Mi povas imagi, ke ni havus multon komunan kaj eble eĉ fariĝus amikoj. Bedaŭrinde, ni neniam renkontiĝis. Nur hodiaŭ. Kaj neniu ekscios tion, ĉar mi estas profesiulo, mi lasas kadavron, sed ne spurojn.

Kial ĝuste vi? Mia amiko, kiel mi diris, nenio persona. Laboro. Sed komprenble eĉ dungita murdisto/murdistino nur mortigas iun, kiu vere meritas tion. Mi ĉiam kontrolas tion anticipe. Ĉi tie ne povas veni iu ajn dunganto, doni al mi monon kaj diri al mi: „Mortigu tiun Klauson, li enŝteliĝis ĉe la superbazaro!" Ne, por mi tio estas afero de honoro! Mi estas fakulo en mia kampo kaj mi evoluigis kondutkodon, kiun mi vere ĉiam sekvas. Kiu meritas morton per mia kuglo, estas tiu, kiu kaŭzis damaĝon al aliaj homoj. Tiaj homoj ne malmultas. Sed mi nur okupiĝas pri viroj. Virinoj kaj infanoj estas tabuo. Nek la ĵurnaloj nek la polico scias, ĉu mi estas virino aŭ viro. Ili nomas min nur „SinjoroEnterigisto". Kaj oni bezonas ja honorindan profesian fasadon. Mi vojaĝas ĉiam kun dekduo da ekskluzivaj kostumoj tra la lando. Mia edzino pensas, ke mi vendas luksajn vestojn al riĉaj manaĝeroj kaj mia filino kredas, ke mi estas la plej konformisma homo iam ajn. Ŝi neniam rakontas al siaj amikinoj pri mia profesio, ĉar por ŝi mi estas „tute hontinda". Ŝi nomas tion „kornuliĝa".

(Ridas, elprenas falditan foton el sia monujo kaj montras ĝin al la kadavro.)
Ŝi estas dek tri nun. Jen, rigardu, jen ŝi estas. Ĉu ŝi ne estas ĉarma, la etulino? Nu, la foto jam havas kvin jarojn. Sed vi ja scias, kiel knabinoj en la pubereco estas. Mi probable ricevos denove foton nur kiam ŝi mem havos infanon en la brakoj. Tute kiel la patrino. Se temas pri

konflikto, tiam ambaŭ agas kiel unu animo. Ili neniam pensas pri tio, ke mi alportas la monon hejmen. Fine, iu devas pagi mian dungon. Mi ja ne mortigas pro homamo! 10.000 eŭroj kostas la amuziĝo. Tio estas io, kion oni devas povi permesi al si mem. Sen mono – sen murdo. La kodo ĉiam validas por mi. Se ĉiuj kriterioj estas plenumitaj, la laboro ankaŭ estos plenumita. Kaj se ĝi estos des pli malfacila. Foje mi devis pafis klaŭnon post infana spektaklo. Tio estis malfacila. Sed ankaŭ li havis flanklaboron kaj kiel „Stulta Aŭgusto" li prirabis bankojn. La Pieroto volis la rabaĵon por si. Kaj por helpo en la decido venis mia honorkodo: la ebla viktimo estis vira, bankrabado estas grava krimo kaj mi ricevis mian monon. Do? Tiam la cirkanumero estis efektivigita, kio ajn okazus. La klaŭno tuj simpatiis al mi.

Kaj eĉ post sia morto li igis min ridi, kiam lia ruĝa nazo deglitis. El tio mi lernis kaj nun mi kondutas profesie: Neniam krei moralan rilaton al mia viktimo. Tio malsukcesas, se oni amikiĝas. *(Stariĝas, iras al la drinkaĵoj kaj rigardas, kion la hejma drinkejo ofertas.)* Ĉu vi volus trinkaĵon por kvietigi la nervojn? *(Skuas la kapon, kiam ne venas respondo.)* Ne? Kio ankaŭ ofte helpas: Tiel, kiel oni imagu la estrojn, kiuj malbone traktas onin, nudaj, tiel mi imagas miajn dungantojn kiel ratojn, kiel malsanportantojn kaj ĉagreno por la homaro. Ratoj, kiujn oni devas pafi. Tiel, kiel ili aperas sur tiuj dorsosakoj, kiujn homoj portas ĉie: „Adiaŭ, Ratĉjo". Tiam estas rato kun kruce fermitaj okuloj kaj kuglotruo en la brusto, el kiu fluas sango. Malbonodora, tiuj homoj kun la dorsosakoj. Kvazaŭ mortinta rato estus ŝerco. Sed efektive ne estas tiel facile pafi kurantan raton. Kun veneno aŭ kaptilo, jes, tio estas malhonesta kaj simpla. Sed preciza pafado estas arto. Sekve mi vidas min kiel artisto (artistino). Tia pafo devas esti preciza. En la koron, tiel la afero rapide finiĝas. Fronte kuglotruo, malantaŭe elirtruo. Plej bone en privata medio. Kiel pafisto (pafistino), oni devas ĉiam zorgi, ke oni kaŭzu kiel eble plej malmultan damaĝon. Ne imagi, se oni tuŝus duan personon.

Al la dungintoj, plej ofte al la dungintinoj, gravas, ke ilia edzo ne estu mortigita en la geedza dormoĉambro. Dormi tie ĉiunokte vekas konsiderindajn skrupulojn, kiujn ni absolute ne bezonas ĉi tie. Oni atendas de mi instinkton por la valoraj aferoj en la vivo. Ne, ke iu valora vazo rompiĝu aŭ ke nobla tapiŝo estu malpurigita. Mi preferas ne pafi en la kapon. Tio aspektas malbone en la malferma ĉerko poste, kvankam ankaŭ enterigisto (enterigistino) estas ofte tro malmulte taksata artisto (artistino). Mi ankoraŭ memoras, kiam cerbaĵoj disvastiĝis tra la tuta ĉambro dum unu laboro. Ĝi estis malfavora por la viktimo ankaŭ, se li havis sufiĉe da tempo por moviĝi flanĸen kaj mi devis pafi dufoje. Iuj dungantoj (dungantinoj) tamen postulas, ke mia celo ankoraŭ havu tempon pripensi siajn pekojn. Tio ankaŭ kaŭzas malbelan ludadon de kato kaj muso. Mi preferas utiligi la surpriz-momenton. Tio estas multe pli humana, ĝi ankaŭ multe pli kongruas al mia nomo: Ĵani. Ĝi devenas de Johano aŭ Johana – la kompatema. Kaj mi vere estas kompatema: ĉe mi ĉio finiĝas rapide. Kiajn terurajn raportojn oni aŭdas el la buĉejoj. La homo estas ja vere besto. Oni ofte traktas bestojn mizere jam dum ili vivas. Aŭ ĉiuj tiuj anseroj, kiujn oni senplumigas kaj poste nuda kaj vundita reiras paŝtiĝi. Mi eĉ ne volas mencii plenigitan hepaton. Ĉiuj volas havi ĉion malmultekoste, do neniu plu atentas, ke bestoj kresku kun moviĝlibereco aŭ mortu sen longa sufero.

Pri la bestoj, ni homoj estas amasaj murdistoj. Jes, kvankam tio eble timigas vin, necesas diri ĝin tiel klare. Mi komprenas, neniu volas esti samniveligita kun la militaj iniciatintoj de la mondo. Ĉiu mortigo de besto okazu tiel trankvile kaj nerimarkite kiel eble, kaj la forigon de la korpo ni viandomanĝantoj prizorgu. *(Iras al la kuirejo.)* Ĉu vi fakte havas ion bongustan por manĝi ĉi tie? Mi povus manĝi duonan porkon sur tostpeco. *(Retiriĝas.)* Ne, prefere ne. Mia edzino kuiras ĉi-vespere kaj mi ankoraŭ havas sandviĉojn de ŝi. Se mi hejmenvenos sen apetito, tiam estos tute malfacile. Ŝi ja mortigus min pro multe malpli - tio ja estas metafore dirite. Ĉu via edzino ankaŭ tiom rapide koleras kontraŭ vi? *(Frapas sian frunton.)* Ho, pardonu, Ŝi ja dungis min por vi. Nu, ŝajnas ke vi ne bone rilatas al virinoj, ĉu? Kion ŝi heredos, fakte? Bela domo ĉi tie. Pardonu, la sofo (seĝo) estas ruinigita. Oni eble povus ripari la truon, sed la sangomakulo ne foriĝos. Cetere, la laboro ĉe vi estis pura kaj lerta.

Vi povas esti kontenta: vi estas la viktimo de majstra pafisto kaj unu el la plej aktivaj serio-murdistoj de la regiono, mi estas vera majstro (majstrino) en mia metio. (Vi estas la viktimo de majstra pafistino kaj unu el la plej aktivaj serio-murdistinoj de la regiono, mi estas vera majstrino en mia metio.) *(Ridas.)* Ekzemple en la gazeto sub „Geedziĝo kaj Konatoj". Tie ĝi starus en svingaj literoj:

„Junaĝema vidvino serĉas energia persono, kiu celtrafe liberigos ŝin de la pezo de la vivo kaj donos al ŝi ankoraŭ kelkajn feliĉajn jarojn." Tio ja estas klara. La homoj venas al mi laŭ rekomendo de fidinda persono. Ekzemple tra ilia advokato kaj notario, kuracisto aŭ konfesorulo. Kaj por ĉiuj mi trovas la ĝustan solvon. Se la kontakto unue estas establita, estas multe por diskuti.

Unue mi komprenible certigas, ke ekzistas vere la volo disiĝi de la amata homo. Mi pentras la tempon post la murdo en la plej brilaj koloroj. *(Sur la kafeja tablo staras ŝaktabulo, Ĵani faras movon.)* Ekzemple: Transdono de la novaĵoj, demandado fare de la polico, scivolaj familianoj, najbaroj kaj kolegoj. Ĉu oni vere konscias pri tio? Ĉu oni vere volas travivi tion? Poste la mona demando estas solvita. Sufiĉe ofte oni proponis al mi seksajn servojn, kelkaj estis eĉ sufiĉe tentaj. Sed kutime mi dankis kaj postulis mian monon. En kontanta mono kaj en unu pago. Mi ne povas akcepti partan pagon. Imagu, ke mi ricevas nur parton de la mono, plenumas mian laboron kaj poste devas ĉiam postkuri mian salajron kiel ĝistaljuristo! Ne, dankon. Sen mono, sen festo. Testamento ankaŭ povas esti problemo. Estas grave por mia mendint(in)o diskrete esplori ĉion antaŭe, por ke ĉio estu en ordo. Estas neimageble, se subite la malproksima nevino en Aŭstralio estas nomita kiel ĉefa heredantino. Ankaŭ pro ĉi tiu kialo mi bezonas mian monon anticipe. *„Vi certe ricevos la monon, kiam mi heredos."* Kaj subite estas nenio por heredi kaj neniu pago por mi. Ne, ne, ĉio devas esti en ordo kaj ne fariĝu el despera ago.

Kompreneble, estas pli malmultekostaj ol mi. Senkonsciencaj homoj el la tuta mondo premas sin sur la labormerkaton. Sed tiam oni devas akcepti sangajn sekvojn. Tiuj murdistoj estas nespertaj, sed brutalaj. Tie oni povas tridek-dufoje ponardi viktimon kaj lasi ĝin sangantan sur la persa tapiŝo, sen atento. Tio ne estas bela, ankaŭ ne por la tapiŝo. Mi ankaŭ urĝe avertas kontraŭ metodoj kiel aŭtobomboj, molotovkokteloj aŭ plutonio. Kompreneble, la rezulto estas la sama, sed la maniero estas iel senstila. Kaj morto en la piedira zono aŭ antaŭ alvenanta trajno ĉiam enhavas la riskon de atestantoj aŭ video-registradoj. La demaskado de la krimnto ĉiam permesas konkludojn pri la mendint(in)o. Tiam prefere hejme morti. Ne estas atestantoj pri via murdo, neniu vidis min veni, neniu vidos min foriri. Via edzino sidas ĉe la frizisto kaj ne nur havas la perfektan frizaĵon, sed ankaŭ la perfektan alibion, cetere mi havas la perfektan aliveston. Via edzino diris, ke vi estas suspektema homo kaj ne permesos min en la domon. Mi proponis al ŝi, ke mi venu kiel pastro. Religiaj figuroj estas fidindaj personoj. Pastro ne faras damaĝon eĉ al muŝo. Malfeliĉe por vi, vi enlasis min. Vi devus fidi vian instinkton.

Mi estas majstro de alivestado. Tio gravas por ke neniu povu min identigi. Eĉ dum la antaŭdiskutoj kun la mendint(in)oj la maskado estas perfekta. Via edzino estis tre surprizita dum nia unua renkontiĝo. Ŝi alfrontis amindan maljunulinon en kafejo. Maljunulino, kiu neniam demetis siajn pintgantojn. Mi estas murdisto (murdistino) sen vizaĝo – almenaŭ ne vizaĝo identigebla. *(Rigardas al la horloĝo.)* Via edzino devus jam raporti al mi. Ĉu io okazis? Ĉe frizistoj povas okazi la plej teruraj akcidentoj, vi devus vidi mian edzinon. Ĉu via edzino ĉiam estas tiel nefidinda? Ni interkonsentis: ŝi sidas ĉe la frizisto, kolorigas la harojn kaj ricevas permanentan ondojn. Tio daŭras almenaŭ tri horojn. Dum tiu tempo vi mortos. Dumtempe ŝi vokas de sia poŝtelefono ĉi tien, mi respondos la alvokon. Tio estas grave, por ke oni povu poste konstati laŭ telefonaj datumoj, ke konversacio okazis. Tio signifas: Ŝi parolis kun vi, vi estis ankoraŭ viva en tiu momento. La konversacio daŭros almenaŭ unu minuton, kaj la frizistino atestos, ke ĝi okazas en gaja atmosfero, kio ekskludas rilata krimo. Kiam ni finas la telefonadon, mi enŝovu kelkajn tirkestojn kaj ŝajnigu rabomurdon. La pordo restos malfermita kaj mi foriros. Tiel estas planite kaj ŝi ne vokas. Tio ĉagrenas kaj estas neprofesia. Kio povus malhelpi ŝin? Ĉu la baterio estas malplena?

(Ĉagrenita.) Mia Dio, mi ne povas pensi pri ĉio antaŭe! Kaj iom da propra iniciato mi ja rajtas atendi de ŝi. Kaj improvizkapablo. Se la poŝtelefono estas malplena, tiam ankaŭ frizejo havas telefonon. *(Iras al la telefono kaj prenas la aŭdilon.)* Mi havas liberan signalon, la aparato funkcias. Ĉi tie ne estas okupate, kiel ĉe mi ĉiam hejme. Ĝi povas sonori. Sonoru jam! Mia tempoplanado malfruiĝas pro tiu prokrasto. Mi havas kvin minutojn de toleremo, sed tiam mi devas iri, alie mi alvenos malfrue al la manĝo hejme. Kaj mia alibio povus fariĝi nefidinda. Feliĉe, mi

ne havas longan vojon hejmen. Mi devas ankoraŭ ŝanĝi min kaj retransformiĝi en la personon kiun konas mia edzino. Ĉu ŝi amas? Nu, tio estis sufiĉe longe antaŭe. Ni sufiĉe disamiĝis. Eble ni estas kune nur pro nia filino.

Jam estas tro da eksedziĝintaj infanoj en ĉi tiu mondo, kiuj havas traŭmon. Nia Elisabeto ne bezonas esti unu el ili. Ŝi ne aprezas tion, foje mi pensas, ke ŝi preferus vidi min simple mortinta. Nu, tiuj karaj etuloj... Ĉefe ĉar mi alportas monon hejmen por ŝia „Adiaŭ, Ratĉjo"-frenezaĵo. Ĉie min persekutas tiu besto: Sur ŝia krajontujo, ŝia sporta sako, sur la skribilkovertoj... Naŭza! Eĉ dum mia lasta Esperanto-kongreso mi renkontis tiujn „Adiaŭ, Ratĉjo"-aĵojn! Ĉie mi vidis ilin, kvazaŭ ili min persekutus! Tiu tendenco vere estas terura, ĉio estas komercigita. Ĝi nomiĝas merkantilado. Pardonu, sed mia edzino murdus min, se mi ne manĝus mian panon. Kaj post plenumo de laboro, mi ĉiam malsatas. *(Elprenas grandan panbovlon kun emblemo „Adiaŭ, Ratĉjo" el portita aktokufero, prenas panpecon kaj morde manĝas. Parolas per plena buŝo al la mortinto.)* Estas homoj, kiuj ne povas manĝi ĉe kadavro. Mi plene komprenas tion, se la kadavro jam estas kelkajn tagojn malnova kaj la putriĝo komenciĝis, sed sciu, kamarado, tiel longe kiel vi estas ankoraŭ varma... Ĉio estas rutino. Tio ja apartigas la profesiulon de la novulo. Eble mi devus verki libron kaj transdoni miajn spertojn. Kompreneble sub pseŭdonimo. Miaj memuaroj.

Aŭ scienca traktaĵo. Oni faras studojn pri ĉio, la temo „seria murdo" ĝis nun restas sufiĉe neprilaborita. Historie, jes, tiam oni ankoraŭ dediĉis al ni grandan atenton. Ni nur pensu pri „Joĉjo la Buĉisto"! Fama viro, mia modelo. Tiutempe la homoj ankoraŭ sentis respekton al ni. Kaj hodiaŭ? Hodiaŭ eĉ ajna pafludo estas pli ekscita. Ĉe Joĉjo la socio estis dividita. La respektindaj civitanoj ĝojis, ke ĝi ne tuŝis ilin, ĉar li celis nur prostituitinojn. La historio ripetiĝas: kiam aidoso disvastiĝis en la okdekaj jaroj, oni ĝojis, ke ĝi tuŝas nur gejojn. Pro tio unue oni ne serĉis kontraŭrimedon. Same pri ebolo. Tiu ja estas nur la nigra kontinento. Aŭ morbilo. Vakciniĝi? Ne, dankon. Eblas ankaŭ sen tio. Tio fortikigas la infanojn. Ho, la homo ja scias, kiel formortigi sin... Mia amiko Joĉjo la Buĉisto faris tion kun pasio. La listo de suspektatoj legiĝas kiel la „Kiu estas kiu" de la angla socio. Lastatempaj

DNA-analizoj montris, ke Joêjo eble estis virino. Mi dirus: ĉio farita ĝuste! La konfuzo ĝis hodiaŭ restas perfekta. Kiel ĉe mi. *(Ridas.)* Kaj jen tio, kio fascinas homojn pri ni. Kompreneble ĉiuj ekspiris, kiam ni estis kaptitaj. Sed la adrenalin-momento estas multe pli granda, kiam temas pri fantomo, ne sciatas ĉu viro aŭ virino, juna aŭ maljuna. La plej granda arto estas lasi la motivon en la mallumo, sen ajnaj indicoj de rilato inter ni kaj la viktimo. Murdo pro pasio? Pro avideco? Pro la ĝuo mortigi? Mi amas sidi hejme kaj plezure legi la gazeton. *„La polico petas vian helpon. Ĉu iu ion vidis aŭ aŭdis?"* Ili totale vagas en mallumo. Tio donas al mi kontenton, ĉar tio signifas, ke mi faris mian laboron ĝuste. Kaj poste ili dungas profilantojn. Sed tio nenion helpos al ili; ili ne povas kapti min.

Mi estas pagomurdist(in)o, ne estas ligo inter mi kaj mia viktimo. Ni ambaŭ, vi kaj mi, ni ne konas unu la alian. Kaj via edz-(in)o havas nepripara nteblan alibion. *(Malpacience.)* Se nur ŝi finfine telefonus! Se mi estus nekapabla sinregi, mi nun irus al la salono kaj mortigus ŝin! *(Levas minace la pafilon, sed retrovas sian sinregadon.)* Ne, mi ne estas psikopatiul(in)o; mia vivmaniero estas tute normala, jes, eĉ enuiga. Mi ankaŭ ne estas amokfaranto; mi agas ne pro subita impulso, sed laŭ planiĝo, kaj ĉiu paŝo estas bone pripensita. Kutime amokfarantoj post sia ago ankaŭ memmortigas sin. Tio ne aplikiĝas al mi. Oni ankaŭ ne povas nomi min terorist(in)o; mi estas tute seninteresa pri politiko, la ŝtato al mi ne gravas. Por mi gravas nur la homo. Tamen ne tiom, ke mi fariĝus enstinkta aŭ plezuriga mortiganto. Tio estas ankaŭ la plej malalta nivelo. En la malliberejoj troviĝas homoj, kiuj nur superas pedofilojn en la manĝaĵa ĉeno. *(Skuas la kapon.)* Tio ne estas bela vivo. Mi zorgas tre zorge pri tio, ke mi lasu neniun DNA ĉe la krimloko. Mi portas gantojn kaj mi metas protektojn super la ŝuojn. Ne bela, sed necesa. Mi laboras tre konscie. Alfronti la malamikon, pafi, kaj li estas morta. Mi ne estas sadist(in)o, mi ne ĝuas sennecesan perforton. Ĉe mia edz(in)o estas pli verŝajne, ke ŝi legis „50 nuancojn de grizo". Mi ankaŭ ne scias, kion ŝi volis per tio... La murdint(in)o, kiu devas renovigi la loĝejon? Ne, estas plej urĝe, ke oni faru fundamentan sciencan verkon pri seriaj murdistoj kaj ne simple supozojn.

La aktuala scio diras, ke la ordinara seria murdist(in)o estas mez-ĝis averaĝe inteligenta. Aŭdacaĵo. Tio sonas al mi kvazaŭ mi havus IQ nur iomete super rostpano! Mi opinias, ke tiaj profil-antoj devus redoni sian studkostojn! Maldecaĵo! Se ĉio alia mal-sukcesas, ili pripensas eblajn cerbolezojn kiel klarigon. Tio estas ĉiam la lasta rimedo, kiam ĉi tiuj psiko-esploristoj ne plu scias kaj ne povas klarigi konduton. Antaŭ pli ol cent jaroj, oni prenis maskojn el gipso de ekzekutitaj murdist(in)oj. Oni volis kompari la vizaĝojn. Ekscii, ĉu oni povas rekoni murdiston ĝenerale en la vizaĝo. Bona ideo, sed ĉu vi divenas, kiel tio finiĝis? Ĝuste. Nenio klara estis trovita. Hodiaŭ ekzistas la manio de kelkaj firmaoj pri kolektado de datumoj, kiuj deklaras sin ankaŭ kontraŭ krimado. Se en certa areo okazas pli multaj domaj ŝteloj, tiam tio certe funkcias. Kaj mia londona amiko Joĉjo ankaŭ verŝajne tre rapide estus trovita per datumbaza serĉado. Sed kiel mez- ĝis averaĝe inteligent(a) murdist(in)o oni simple trapasas ĉi tiun skemon kaj plu konfuzas la policon. Ili tiam venĝas sin per atribuo de infanaj psikaj vundoj, familia malvarmeco, perforto kaj alkoholismo kiel eblaj faktoroj. Kompreneble, post murdo, mi foje ĝuas trinki glason da vino. Kiel rekompencon. Sed mi devas ankoraŭ veturi.

Imagu tion: por trankviligi la nervojn antaŭ kaj post la krimo, mi trinkas kaj, survoje hejmen, la polico haltigas min pro veturado sub influo de alkoholo. Tio vere estus malsaĝe. La sekva aŭdacaĵo, per kiu la krimesploristoj provas moligi nin, estas ke ili atribuas al ni mankon de socia sukceso kaj statuso. Kiam ili ne plu scias kion fari, ili metas nin en la perdintan grupon. Hej, mi havas familion kaj hobiojn. Ĉiun merkredon mi iras al kegla ludo. Kaj kion la priskribo ĝuste diras? Mi estas neelstara kaj socie adaptiĝinta. Jes, ĉu mi iru murdi vestite en rozkolora baletkostumo? Kaj plu oni diras, ke ni elektas niajn viktimojn en radiuso de maksimume tridek kilometroj de nia loĝloko. Jes, kompreneble, mi devas esti hejme por la vespermanĝo, oni ja staras ankaŭ sub pantoflo. La ora regulo por mi estas: kiam la kliento malvarmiĝas, la manĝo ne estu malvarma. Mi amas mian Abelina varme kaj fervore, sed foje ŝi estas iom kruda. Se io, kion mi faras, ne plaĉas al ŝi, tiam fariĝas malagrable por mi. Ĉu vi ankaŭ konas tion de via edzino, ĉu ŝi iĝas foje perfortema? Ho, pardonu, mi supozas, ke oni ne povas atendi pli ol truon en la brusto. En la lasta tempo, la amaskomunikiloj pli fokusas pri la perforto kontraŭ viroj, kiun ni (ili) devas elteni hejme. Batoj, piedbatoj, gratoj, mordoj… kaj ĉar viroj ne ploras, ni (ili) silentas pri tio. Nun eĉ ekzistas „virdomoj".

Mia edzino jam minacis min, ke en kazo de apartiĝo, ŝi malpermesos al mi vidi mian filinon. Ŝi instigis Elisabeton kontraŭ mi, kaj la infano dirus antaŭ juĝisto, ke ŝi tute ne volus min vidi. Ŝi nun estas en malfacila aĝo… *(Elprenas el la aktorujo „Adiaŭ-Ratĉjo"-termoson kaj verŝas kafon en la kovrilon.)* Nu, kion diri. Mi unue bezonas kafon. Mi estas kafein-dependulo, sen kafo mi ne eltenas eĉ unu horon. En la domoj, kiujn mi vizitas, ofte estas la plej mirindaj kafomaŝinoj. Sincere, mi nur malofte tentiĝas, ĉar la kafoj ofte estas aventuraj. *(Rapide listigas:)* Kafkremo, Kapuĉino, Espresso, Latte Makjato, Mokao, Frida Kaf-trinkaĵo, Americano, Melango, senkafeina, Arabiko aŭ Robusto, ekspluatado aŭ justa komerco, pura aŭ kun karamelo, ĉokolado, fragsiropo, Schümli-kafo, Viena kafo aŭ Café do Brazil? Ne, ĉio tio ne estas por mi. Mi preferas la tute normalan filtritan kafon. Ora, kun lakto. Kaj tial mi portas mian termoson al ĉiu tasko.

Por mi, kafo ankoraŭ devas havi kafan guston. Forta kaj ne tro milda. Ne florkafon. Mi nun malkovris kafon kun akra rostaĵo por mi: kafo „Crema t'Oro". Jes, „Crema t'Oro" en kremaciejo vere havas specialan guston. Eble ĝi estas pro la rostaĵo… aŭ la loko! Mi ricevis la sugeston de amik(in)o, kun kiu mi ofte kunlaboras. Mi donas al li (ŝi) novajn taskojn, kaj li (ŝi) transdonas al mi certan sumeton. Profitas ambaŭ. *(Trinkas gluton.)* Ĉu vi jam decidis pri via entombigo? Mi scias, ke oni devas singarde pripensi tion. Ĉu tradicia ĉerko aŭ kremacio? Ĉiu havas siajn preferojn, sed estas bone plani antaŭe.

(Ĵani metas la kafpokalon al la lipoj kaj trinkas. Tiam subite sonoras telefono. Ĵani ŝokiĝas, preskaŭ verŝas la kafon sur la tapiŝon.)

Ĵ: La telefono! Mi preskaŭ forgesis ĝin! Jen la momento, amiko! *(Rapidas al la telefonejo kaj prenas la ricevilon, sed la telefono plu sonoras. Ĵani kolere metas ĝin reen, elprenas la telefonon kun la „Adiaŭ-Ratĉjo"-protektilo el la jako, rigardas la ekranon kaj malĝoje respondiĝas.)* Elizabeto! Kion vi volas? Vi ne devus telefoni min dum mi laboras!

E: *(Elsonas la voĉo de la filino Elizabeto.)* Ho, paĉjo (panjo), vi neniam havas tempon por mi. Ĉehejme mi ĉiam ĝenas vin dum legado de ĵurnaloj, kaj kiam mi vokas vin, vi neniam havas tempon. Ekde semajno mi provas trovi bonan momenton, kaj nun temas pri vivo kaj morto!

Ĵ: *(Al la kadavro.)* Temas pri tio ankaŭ ĉe mi. Tute mia filino.

E: Mi estas ĉikanata en la lernejo. Mi ne plu iros tien. Panjo jam scias. Kaj ĉio tio estas via kulpo!

Ĵ: Mia kulpo? Kiel ĝi estas mia kulpo? Elizabeto, vi devas esti pli klara.

E: *(Preskaŭ kriante.)* Ĉesu diri „Elizabeto"! Mi malamas vin pro tio, ke vi donis al mi nomon de avino! Mi nomiĝas „Lizzy" aŭ „Betty" – sed ne Elizabeto!

Ĵ: Juna damo, kontrolu vin! Ni donis al vi noblan nomon, por ke vi povu iri al ĉiu elita lernejo kaj ne devu pendumi kun tiuj stultuloj, kun kiuj vi ĉiam kunulas.

E: Tiam mi ja povas fariĝi elita prostituitino.

Ĵ: Sufiĉe! Mi fermas ĉi tiun temon! Kaj tio absolute ne venas en konsideron, ke vi ne plu iru lernejen. Kial vi estas ĉikanata? Kio okazis?

E: *(Plorema.)* Ho, paĉjo (panjo), ĉio estas terura. Mi neniam plu povas reveni lernejen. Mi estas la ridaĵo de la tuta kvartalo – tute difektita. Mi enŝlosas min en mia ĉambro!

Ĵ: *(Malkvieta sed trankviliganta.)* Elizabeto! Kio okazis?

E: Paĉjo (panjo), vi aĉetis al mi tiun rozkoloran ŝultralsakon.

Ĵ: La „Saluton-Katido" sako, jes. Kio pri ĝi? Ĉu oni forprenis ĝin de vi? Ĝi estis multekosta! Kiu faris tion? Mi ĝin retrovigos!

E: Ho, paĉjo (panjo)! Vi denove tute ne komprenas! Tia rozkolora „Saluton-Katido" sako estas portata nur de bazlernejanoj. Miaj amikoj min evitas kaj miaj kunlernantoj nur vokas „Saluton-Kotido" post mi! Mi ne plu iros tien.

Ĵ: Sensencaĵo! Do vi nur prenu alian sakon lernejen.

E: Ho ve, paĉjo (panjo)! Tio ne funkcias! Mi estas tute malvarmeta! Mia reputacio estas ruinita. Tio ne ŝanĝiĝos per alia sako. Kiel vi povas esti tiel insensiva? Ĉu vi ne plu amas min? Ho, mi malamas vin! *(Ŝi komencas plori.)*

Ĵ: Nu, vidu! Kompreneble mi amas vin. Sed mi ne aliĝos vin al alia lernejo pro tia stulta, multekosta sako. Kion vi pensas?

E: Tiam mi vere bezonas alian sakon. Ĉiuj aliaj nun havas la „Adiaŭ-Ratĉjo"-dorsosakon! Ĝi estas tre mojosa!

Ĵ: Ĝi ne estas mojosa, ĝi estas abomena! Mi vidis tiujn sakojn en la urbo. Tute malgusta. Porti mortan raton surdorse ne estas agrabla.

E: Tute ne! Vi simple ne volas aĉeti al mi tiun sakon. Mi jam rakontis al vi, kiom kruelaj ili estas al mi en la lernejo. Mi ne plu iros tien! Mi malamas vin! *(Ŝi finas la vokon.)*

Ĵ: *(Spiras profunde kaj remetis la telefonon en la poŝon.)* La karaj infanoj. Domaĝe, tro granda por la sekura beb-lasejo. *(Skuas la kapon.)* Deziras ratan sakon. Mi pensas, ke mi freneziĝas! Mi pensas, ke infanoj nuntempe estas tro materiemaj. Kiu instruas ilin tion? Tio povis nur esti mia edzino. Mi povas bone kompreni miajn klientojn.

Se ne temas pri mono, tiam „ĵaluzo" estas la ĉefa motivo por mendo-murdo. Mi ne komprenas tion. Kial homoj geedziĝas, se fine ili trompas unu la alian? Kio estis la afero ĉe vi, amiko? Nur mono? Ĉu vi havis iun alian flanke? Aŭ estis miksaĵo de ambaŭ? Certe via edzino pligrandigis vian vivasekuron. Vi devus morti jam pli frue. Sed ni devis unue atendi, ke via kontrakto minimumdaŭru. Por ŝi, tio devis esti vera infero, monatojn agi kiel la amanta edzino, ne donante al vi kaŭzon por suspekto aŭ divorco. Ŝi alikaze riskus milionon. Rigardu vin kiel artisto: morta vi valoras pli ol vivanta. Se vi havus impresan tatuon, oni povus ekspozicii vin kiel kompleta artaĵo. Mi aŭdis, ke homoj estas tute frenezaj pri rigardado de mortintoj. Ili vicumas amase por spekti plastinigitajn kadavrojn ludantajn ŝakon. Mi trovas tion malbongusta. Vi ludas nun. *(Montras al la ŝaktabulo.)* Sed verŝajne ni ĉiuj estas vojeristoj, kiuj ne povas preterpasi trafikakcidenton sen rigardi. Mia filino nun spektas filmojn pri supernaturaj temoj: „*Mi parolas kun mortintoj!*" He, tio tute ne rilatas al la realo. Tio simple ne ekzistas! Estus pli bone se ŝi komencus fumi; tiam ŝi povus rigardi cicojn de amputitaj kruroj kaj kancerigitajn pulmojn sur cigaredpakaĵoj. Same amuza. *(Kolere al la mortinto.)* Ne, kompreneble ŝi ne rajtas fumi. Sed ŝi estas tute malstimulita. Kiam ŝia hamstro mortis, ŝi ne povis rigardi kaj nun ŝi volas sakon kun morta rato sur ĝi. Malbongusta! Eble estas ia maniero por prilabori ŝiajn emociojn. Ŝi jam havis sian unuan koramikon. Kompreneble platonan. Kaj poste li rendevuĝis kun ŝia plej bona amikino. Nun li estas enterigita en la ĝardeno – metafore. Ŝi enterigis liajn leteretojn kaj notetojn en truo malantaŭe en la ĝardeno. Eble li estas la rato, kiun ŝi volas surporti sur sia dorsosako? Deklaro. Ĵaluza je ŝia aĝo. Fine mi aĉetos al ŝi la sakon. Kaj mia edzino? Mi observos ŝin kelkajn tagojn. Ŝi estos mia sekva kliento. Mi traktos tion tute profesie kaj senemocie, kiel taskon. Ŝi eĉ ne rimarkos min. Mi estos nevidebla kaj sekvos ŝin ĉien. Mi tute certas, ke ne ekzistas alia viro (virino). Kun kiu ŝi povus esti, ja? Ŝi ja havas min. Sed se tamen estas alia viro (virino), tiam mi koleros!

(Oni sonorigas ĉe la pordo, Ĵani ektremas kaj ekhektikas.)

Ĵ: Silentu, ĉu vi aŭdas? Ĉu vi atendis iun? Ni ŝajnigu nin mortaj. *(Kaŝe kuras al murŝaltilo kaj provas estingi la lumon. Anstataŭe, Ĵani ekbruligas spotlumon sur si, flankaj lampoj ŝaltas kaj fine eĉ muziko eksonas. Ĵani rapide malŝaltas ĉion. Sonorilo denove sonoras.)* Ne movu vin, baldaŭ ĉesos. Tiel strangan aferon mi ankoraŭ ne spertis en mia laboro. Kutime mi venas, pafas kaj foriras. Nun mi sidas kun vi sur la sofo. Nekredeble! *(Ree sonorilo kaj energiaj frapoj sekvas.)* Diable! Kio okazas? Kiu povus esti? Mi iros al la pordo. *(Denove frapado. De ekstere vokas pizaĵisto kun fremda akcento.)*

M: Picoservo Cosa Nostra: freŝa, varma kaj bongusta! Malfermu, aŭ ĝi malvarmiĝos!

Ĵ: *(Kun klare ŝanĝita voĉo tra la fermita pordo.)* Mi ne mendis ion! Foriru!

M: Jes ja, estas mendo: Mafiotorto Speciale kun ĉio. Malfermu, por ke vi povu ĝui ĝin. Mortige bongusta!

Ĵ: Mi ne mendis ion, kaj mi ne pagos! Prenu vian familian picon, kaj foriru!

M: Jam pagite. Klientokonto. Prenu ĝin, estus domaĝe, se ĝi malboniĝus.

Ĵ: Mi ne povas malfermi nun. Mi estas ĵus el la duŝo. Lasu ĝin ĉe la sojlo; mi prenos ĝin poste.

M: Mi ne povas fari tion, estis plendoj ke la pico estis malvarma; mi devas transdoni ĝin varmega!

Ĵ: Foriru! Diru al viaj mastroj, ke varma pico lasas min malvarma! Enterigu ĝin sub ŝtono, kaj nun foriru!

M: Neniu ankoraŭ malakceptis mian picon! Tio estas nepardonebla! Mi revenos, fidu min! Vi ankoraŭ aŭdos! *(Foriras.)*

Ĵ: *(Aŭskultas ĉe la pordo, poste singarde malfermas ĝin, ĉirkaŭrigardas kaj prenas la pikarton. Revenas al la sofo kaj malfermas la skatolon.)* Do, vi do mendis picon kiel lastan manĝon. Domaĝe, ke vi ne plu ĝuos ĝin. Hmmm, ĝi bonodoras. Mi mem ne povas gustumi, Abelina mortigos min se mi revenos hejmen sata. Ĉu mi devus elekti lastan manĝon? La pico aspektas vere bongusta. Ĉu tio ne estas stranga? Usono rigardas sin kiel lulilon de civilizo. Ĉie ili portas demokration kaj samtempe ankoraŭ uzas la mortpunon. Ĉinio estas monda gvidanto pri tio, same kiel pri eksporto, tamen ĉiam sekrete. En Irano, oni pendumas publike, por amuzi la popolon kaj timigi ilin. Sed en Usono oni celebriĝas la ekzekutojn. De nenie aliloke oni ricevas tiom da informoj. Kiom longe daŭris la mortolukto, ĉu injekto aŭ elektra seĝo, liaj lastaj vortoj – plej ofte viroj kaj eĉ pli ofte nigruloj – kaj kion li elektis kiel sian lastan manĝon. En la menuo ĉiam ĉefas bifsteko aŭ hamburgero kun ĉio ebla. Tio ne povas esti sana, kun tiom da kolesterolo! Tio mallongigas la vivon! Nu, tamen pico ne estas ofta elekto en la listo de deziroj. Mi prenos ĝin, kiam venos mia tempo. *(Rigardas la horloĝon.)* Homo, la tempo kuras; mi jam devus esti survoje hejmen. Ĉu ĉi tie estas gazeto? *(Prenas semajn-gazeton el rako. Surprizite.)* Senpaga semajngazeto! Ĉu vi estas tro avara por aboni veran gazeton? Nu, ne gravas, mi bezonas nur unu folion.

Poste mi malsekigos ĝin kaj survoje hejmen gluigos ĝin sur la antaŭan numerplaton. *(Ridas.)* Tiel mi povos kuri per la aŭto hejmen, kaj se iu fotoradaro kaptos min, mi simple diros, ke gazeto hazarde alfiksiĝis al la antaŭo de la aŭto. Tio do iomete reduktos mian malfruon. *(Skuas la kapon.)* Via edzino vere havas nervojn! Kion ŝi faras tiom longe? Mi ja scias, ke ekzistas homoj, kiuj ne kapablas memori siajn proprajn telefonnumerojn. *„Mi ja ne ofte vokas min mem."* Sed mi esperas, ke via edzino ne apartenas al tiu speco de homoj, kiuj eĉ ne kapablas memori la propran fikstelefonon? Tiam ŝi simple demandu la informcentron. Diable, mi eĉ ne scias, kiel nomiĝas la frizisto, kiun ŝi volis viziti. La interkonsento estis ja: Ŝi voku min. Ne: Mi voku ŝin. Ho ve, mi devintus pli klare precizigi! Normale mi nuligus la mision nun, sed vi jam estas morta! Ni devas daŭrigi la aferon. *(Stariĝas antaŭ la telefono kaj fiksrigardas ĝin.)* Nu, do, eksonu fine! Voku!

(Guste en tiu momento, ĝi vere sonoras. Ĵani staras kvazaŭ paralizita antaŭ la telefono, kaj videblas lia/ŝia senpeziĝo. Kun iom malproksima rideto, Ĵani turnas sin al la publiko, kaj la kurteno malrapide fermiĝas.)

PAŬZO

Akto 2

La kurteno malfermiĝas. Ĵani staras samloke kiel antaŭe kaj aŭdeblas telefonsonorado. Feliĉa, Ĵani levas la aŭdilon, atendante la voĉon de la kliento ĉe la frizejo. Anstataŭe aŭdiĝas raŭka vira voĉo. Luigi, la pico-mastro de la mafio, vokas. La esprimo de Ĵani subite ŝanĝiĝas.

Ĵ: Vi certe longe restis ĉe la frizisto.

L: Nenia „frizisto"! Vi ne ŝatis mian picon! Tion neniu iam diris al Luigi. Tio makulas la honoron de la familio. Vi estos bakita en familitomba pico. Ni atendas vin antaŭ la pordo. Vi estas morta, kiam vi eliras, ĉu vi komprenis? Morta! *(Laŭte frapegas la telefonon.)*

Ĵ: Ho mia Dio! Tio estis ĝuste kion mi ne bezonis. Mafio-vendetto. *(Turnas sin al la mortinto.)* Vi vere kaŭzis al mi grandan ĝenon. Dio danku, ili ne scias pri mi. Kaj vi jam estas morta. Do ili povas forigi vin ankaŭ. Nun ĉio dependas de via edzino, ke ŝi rapide voku, alie ni sidos en la sama boato, amiko. Kiom da mafiuloj eble venos? Mi povos kaŝi min malantaŭ la kuireja pordo kaj kiam ili eniros, mi pafos ilin unu post la alia. Diable, mi ne estas preta por interpafado. Mi havas nur tiom da kugloj, kiom estas en la pistolo! Tio signifas, ke ĉiu pafo devas esti trafita. Mi ja estas bona pafisto, sed mi devas povi koncentriĝi. Sub streso mi jam foje maltrafis. Mi ankaŭ ne havas kuglorezistan veŝton. Do, la sola avantaĝo estas la surprizo. Okcidenta filmo en la kamparo. Se mi estos trafita, eĉ kun eta vundo, mi havos seriozajn problemojn por klarigi tion al mia edzino.

(Parolas al la imagita edzino.) „Pardonu, kara, mi estis en la urbocentro kaj volis aĉeti belan broĉon ĉe la juvelisto. Mi trafis rabon kaj estis pafita. Ne, en la gazeto vi nenion legos pri ĝi, mi estis devigita silenti kaj nun partoprenas en atestoprotekta programo!"

(Turnas sin sen malestime al la kadavro.) Tute kredinda, ĉu ne? Ŝi ja ĉiam estas tiel nekredema. Sciu, amiko, mia edzino instalis lokspuran apojn por nia filino, por ke ŝi ĉiam sciu, kie la infano estas. Ĉu ni estas ĉe sekreta servo? Kutime mi tute malŝaltas mian telefonon, kiam mi plenumas taskojn. Estas fatale, se mia poŝtelefono troviĝas en la sama ĉambro, kie okazas murdo. La polico fariĝas ĉiam pli „alta teknologio". Sed hodiaŭ mi devas fari escepton, ĉar mia imposto-konsilisto devas urĝe voki min, se mi ricevas impostan repagon de la oficejo. Kaj oni diru al mi, ke ĝi ne indas porti kostumojn kiel sendependa komercisto. Se mi parolas al aliaj pri mia ŝajna profesio, homoj ĉiam pensas pri la „Morto de vendisto". Kia sensencaĵo. Mi ne scias, ĉu vi vidis tiun teatraĵon, kaj mi ne volas ruinigi vian ĝuon, sed la ĉefa rolulo sin mortigas fine, ĉar lia morto valoras pli ol lia vivo. Kompatinda kreitaĵo. Kiom granda estis via vivasekuro?

Nu, almenaŭ vi faris ion bonan per ĝi. Virinoj ne nur estas belaj, sed ankaŭ lertas. Nur la tempomezuro mankas al ili. Mi sidanta ĉi tie, kvazaŭ sur ardaĵoj, kaj vi jam komencas odori. Kial ŝi ne telefone vokas fine? *(Svingas la manon malestime.)* Ŝajnas al mi, ke mia filino naskiĝis kun la telefono ĉe la orelo – almenaŭ tiel ĝi sentas, ĉar ŝi telefonas senĉese. Evidente, al via edzino tio ne povas okazi. Mi jam provis kaj pripensis, ĉu mi povus nepre prepari Elisabeto-n kiel posteulon. La profesio de murdisto malaperas. Mi invitis ŝin al pafado ĉe foiro kaj diris al ŝi, ke tio imponos homojn. Sed ĝi ne sukcesis, ĉiuj ŝiaj pafoj estis maltrafaj.

Estas vere malfacile trovi novulojn en ĉi tiu laboro. La postuloj de junuloj estas tro altaj, kaj neniu volas malpurigi siajn manojn. Kvankam la mono allogas, la risko esti kaptita estas granda. Vivi en mallibereJo dumvive? Ne, dankon! Ĉi tio tamen estas sekura afero; ĉiam estas klientoj, oni neniam bankrotas. Kiom da homoj ĉirkaŭ mi iras al persona bankroto.

Pripensu Frank(a)-on, ekzemple. Lia konstruado malprosperis. Kiel oni povas esti tiel stulta por perdi sian propran monon? Ĉu oni ne nur devas uzi la monon de la klientoj por tio? Frank(a) kaj mi iam drinkis kune, embriiĝis senprudente, kaj tiam mi plantis al li la ideon iĝi mia asistanto. Nu, ni „teorie" priparolis ĝin. Se mi estus profesia murdisto kaj li helpus min. Ni ridis multe, estis nur sensencaĵo. Sed li neniam kaptiĝis, kvankam iumomente mi pensis, ke io „klakis" en lia kapo, kvazaŭ li havus ideon por realigi ion mem. Ni ne plu parolis pri tio. Sed mi devas diri: por homo, kiu bankrotis, li ĉiam bone vivis. Ĉiam havis stilon, li. Kiom da viro (virino) ankoraŭ tenas la pordon malfermita por sia (sia) edzino (edzo)? Vere atenta persono. Nu, mi supozas, ke li (ŝi) ankaŭ malfermis la pordon al multaj aliaj virinoj. Ĉu li (ŝi) eble trovis sinjorinojn, kiuj finance subtenas lin (ŝin)? Kaj Ingrid neniam suspektis ion? Vi devas naskiĝi kiel korrompulo por tio. Mi pli preferas mortigi homojn, kaj ne devas esti afabla al ili la tutan tagon. Tio ja estas laciga. Mi pensas, ke mi havas tro multajn sociajn deficitojn. Mi preferas interparoli kun homoj, kiuj ne kontraŭas plu. Estas pli simple. Mi ne sentas min tre bone en la rolo de defendi mian vidpunkton en vera diskuto.

Tial Abelina ĉiam superis min. Elisabeto manipulas min facile, ĉiam, kaj eble ankaŭ tial mi ne trovas posteulon por mia komerco. Estus domaĝe, se ĉi tiuj valoraj kapabloj malaperus, se neniu profitus el mia sperto. Dum la komenca fazo mi eĉ povus kunlabori kaj dividi profitojn kvindek-kvindek. Mi povus instrui al la persono pafadon, doni konsilojn pri alivestado, helpi lin (ŝin) konstrui kontaktojn. La plej malfacila estas establi reton. Mi vivtenas min preskaŭ ekskluzive per rekomendoj, transdonita flustre. Oni neniam devas mencii mian nomon telefone aŭ en retmesaĝo, la risko esti eldonita estas tro alta.

Oni devas krei misteran legendon. Ĉiu scias, kiu estas la ĉefmortigisto, sed neniu scias mian nomon. Tiuj, kiuj serĉas min, ne kontaktas min; mi trovas ilin, tiam kiam ili malplej atendas ĝin, sed plej bezonas ĝin. La ĉiutaga legado de gazetoj estas mia devo, tie mi trovas la necesajn informojn. La okdek-jara milionulo kun sia juna edzino. Ĉu tio ne perfekte taŭgas kiel tasko? Ŝi certe ne volas atendi ĝis ŝi sulkiĝos! Diskreteco estas mia komerco. Kaj tiam aperas tiuj aliaj kolegoj el diversaj fakoj, kiuj ĉiam ŝtelas la tutan atenton. Ekzemple, tiu banka rabisto, kiu ĉiam adiaŭe ridetas al la kamerao. Ĉi tiu persono ĉiam restas unu paŝon antaŭ la polico, postlasante neniajn spurojn. Estas malsaĝe fari el la polico malamikon. Mi agas en la ombroj: unu kadavro ĉi tie, alia tie, poste mi malaperas por tempeto. La polico rutine esploras, sed vane. La viktimoj estas malŝatataj, neniu tro zorgas pri ili. Tio certigas mian supervivon, ne la kamerao ĉe la krimloko. Diskreteco estas mia metio. La klientoj deziras konfidencon, kaj diskreteco estas fundamenta principo. Simile al la aferoj rilataj al sekso. Neniu volas esti ĉantaĝita pro vizito al bordelo aŭ alfronti la embarason de najbaroj, kiuj klaĉas nur ĉar ludilo estis mendita ĉe la fama seksa vendisto «Berta Urno» kaj ne liverita en neŭtrala pako. Tutaj sektoroj vivas de sekreto. Kaj se vi ne povas fidi je via konfidenca devontigo, tiam vi simple devas lertiĝi pri mensogado. Tio ne estas simpla kaj postulas konstantan praktikon. Bona mensogo devas soni kredinde. Ĝi devas esti dirita kvazaŭ nenion signifus. Foje ĝi estas uzata proaktive, foje kiel respondo al demandoj. Povas ankaŭ esti utile mensogi de tempo al tempo eĉ kiam la vero ne estus malutila. Tiam homoj alkutimiĝas, ke vi foje iom mensogetas. Edzinoj ja havas senmankan senton. Sed la mensogo ne rajtas fari ilin ĵaluzaj. Imagu, se ŝi eksekvus vin, pensante ke ŝi havas konkurantinon. Ju pli proksima la mensogo al la vero, des pli probable ĝi estos kredita. Estas ja ankaŭ homoj, kiuj konstante mensogas.

(Levas ŝultrojn kun indiferento.) Kelkfoje mi pensas, ke mi mem ne estas tiom malproksima de tio. Profesiaj riskoj. Nu, mi pensas, ke mia edzino ankaŭ ne ĉiam diras la veron al mi. Sciu, kiam ŝi parolas tre multe, ŝi provas kaŝi ion. *„Ne, la robo estas jam malnova."* *„Ho ne, la ŝuoj ne estis multekostaj."* Mi lasas ŝin ĝui la momenton. Dum ŝi nur aĉetumas, la mondo ankoraŭ estas en ordo. Mi lasas ŝin ankaŭ rakonti fabelojn al mi. La sola afero, kiu ĝenas min, estas ŝiaj senfinaj telefonvokoj. Senpunkta kaj senkomata, kaj ofte

sen senco. Mi vere ne komprenas, pri kio (aliaj) virinoj parolas tiom longe? Kaj ĝi ĝenas min, ke ŝi konstante telefonas min.

(La telefono sonoras, Ĵani tremetas, kuras al la fiksa aparato, sed la poŝtelefono sonoras. Ĵani malvolonte respondas.)

Ĵ: Abelina! Vi ja ne devus voki min kiam mi estas kun kliento!

A: Nu, jen bela saluto! Ĉu vi eĉ scias, kioma horo estas? Nu ja, estas via problemo se la manĝo malvarmiĝas. Elizabeto kaj mi jam komencas manĝi. Sed tial mi ne vokas. Vi ja diris, ke se temas pri io grava, mi rajtas voki vin iam ajn. Vi ne kredos ĝin, mi ĵus eksciis de Ingrid, ke Frank(a) estis arestita de la polico!

Ĵ: Frank(a)? Kion vi diras? Ĉu oni vere arestis lin (ŝin)? Tio devas esti miskomprenon. Ni estas amikoj (amikinoj) ekde la lernejo. Neniu arestas lin (ŝin). Li (Ŝi) estis profesiulo en trompado, kaj neniu instruisto iam ajn rimarkis ion.

A: (Ĝojigita.) Nu nun li (ŝi) tamen kaptita. Ingrid diris, ke ili venis kun granda teamo. Li (Ŝi) ne havis ŝancon eskapi; la tuta domo estis ĉirkaŭata. Se li (ŝi) ne estus kapitulacinta, ili mortigus lin (ŝin)!

Ĵ: Ho Dio! Kion do li (ŝi) faris? La afero kun la krampoj en la lernejo jam delonge pasis!

A: Vi ja legis en la gazeto pri la atentema bankrabisto en nia regiono, kiu donis rozon al la bankistinoj kaj ĉiam sciis kiam venis grandaj monkvantoj, forpreninte milionojn da eŭroj.

Ĵ: Ĉesu ripeti klaĉojn el gazetoj. Diru, kio vere okazis al Frank(a).

A: Tion mi ja rakontas! La atentema bankrabisto estas Frank(a)!

Ĵ: Ne! Mi ne povas kredi tion! Mi estus rimarkinta!

A: Tamen! Estis genia polica kaptado!

Ĵ: Sed la gazetoj diris, ke la polico tute ne havas spurojn. Neniuj fingrospuroj, neniu DNA, neniu voĉo, neniu vizaĝo, neniuj atestantoj... nenio! La perfekta banka rabo. Semajne kreskis la ĵakpoto, la promesita rekompenco.

A: Tiel estis. Vi ja scias, ke Ingrid kaj Frank(a) jam havis geedzecajn problemojn de iom da tempo. Frank(a) ne helpis en la hejmo kaj Ingrid volis divorciĝi. Frank(a) rifuzis kaj ankaŭ ne volis pagi subtenon al ŝi post apartiĝo. *(Kun emfazo.)* Ŝi estus tute senmonhava. Kion ŝi devus fari?

Ĵ: Ĉu tio signifas, ke la konsilo al la polico venis de Ingrid?

A: Rekompenco ne eniras la geedzan dividon, ŝi ne bezonas dividi ĝin kun Frank(a), kaj ĉar ne estas tolereble por ŝi resti edziĝinta al malliberulo, ŝi nun povas divorciĝi. Ja minacas dumviva mallibero.

Ĵ: *(Senpova.)* Ingrid perfidis Frank(a)-on al la polico por divorci kaj krome preni la rekompencon?

A: Ŝi faris ĉion ĝuste. Mi nur povas admiri ŝian kuraĝon.

Ĵ: Ĉu vi freneziĝis? Mian plej bonan amik(in)on malliberigi dumvive kaj vi pensas, ke tio estas bone? Kiel perfide estas tio, raporti la propran edz(in)on al la polico? Li (Ŝi) laboris forte por provizi la familion kaj Ingrid perfide forĵetis lin (ŝin)!

A: Frank(a) ne estis fidela al Ingrid. Kaj ankaŭ ne estis trovita la tuta ŝtelaĵo, nur malgranda parto. Verŝajne la resto neniam aperos... *(Ŝi suspiras ŝajnige.)* Nu...

Ĵ: *(Kolerege.)* Mi devas fini nun la alvokon kaj plenumi mian taskon! Mi vere koleriĝas! Tio ne estas maniero trakti la subtenant(in)on de la familio. Mi revenos hejmen malfrue hodiaŭ. Ĝis tiam. *(Finas la telefonparoladon.)*

Mi ne povas kredi tion! Mia plej bona amik(in)o Frank(a) perfidita de sia (ŝia) propra edzino al dumviva mallibero! Kion pensas tiu virino? Denuncas lin (ŝin) kaj konservas la ŝtelaĵon por si! Tute perfida! Kaj li (ŝi) ne povas defendi sin. *(Sin turnas al la mortinto.)* He, amiko, ĉu via edzino ankaŭ havas tian perfidan karakteron? Ho, pardonu. Se mia edzino trompus min, mi furioziĝus. Mi ne iras en malliberejon senbatale por la resto de mia vivo.

(Senvorte.) Frank(a) dumvive en malliberejo! Kiel primolo, li (ŝi) mortos tie. Ĉiam ja ŝatis sian liberecon, ĉi tie unu knabinon, tie virinon… Ingrid estas vere malkompata kaj avara! Simple sen gusto! Feliĉe, mia Abelina estas tute malsama. Ŝi restas firme surtere. Ŝi ĝojas pri malgrandaj aferoj kaj dankas pri ĉiu praktika

donaco. Kiam mi donis al ŝi vintrajn pneŭojn kiel kristnaskan donacon, ŝi preskaŭ brakumis min pro ĝojo. Eĉ se ni havas unu aŭ alian problemon, ŝi amas min per la tuta koro. Eĉ se ŝi scius pri mia hobio, ŝi neniam denuncus min. Mi certas pri tio. Ŝi tute komprenus, ke mi ĉiam deziras la plej bonan por la familio. Ne, vere estas bone, ke mia sekreta flankokupo restas kaŝita, ĉiu komplico estus fatala. Estas tiel facile babili sen rimarki. La plej lertaj krimuloj estis kaptiĝintaj pro siaj komplicoj. Mi iam vidis filmon, en kiu la banditoj unu post la alia sin detruis. Kaj la polico fine nur devis forbalai la restaĵojn. Mi tre ĝojas, ke mi laboras sola. Tio garantias mian supervivon. Nu, kamarado, vi jam transiris la limon. Sed via edzino devus jam raporti min. Mi iĝas nervoza, kaj tio ne estas bona signo. Io ĉi tie ne ĝustas. Mi neniam restis tiom longe ĉe kliento. Kie estas via edzino nun? Ni konsentis, ke ŝi estus ĉe la frizisto. Tiam ŝi telefonus ĉi tie kaj havus nepridubeblan alibion. Mi forirus. Sed ŝi ne telefonas! Mi ne komprenas tion. Mi jam ricevis la monon, do ne temas pri tio, ke ŝi ŝanĝis opinion. Kaj ŝi ne povas esti interesita pri esti kaptita aŭ min perfidi. Kia perfida ludo ŝi ludas? Se ŝi ne havas bonan klarigon por sia konduto, ŝi ankaŭ ricevos kuglon – kaj senpage. Mi ja ne faras min malsaĝulo pro ŝi!

(La telefono sonoras, Ĵani iras kun trankviliĝo al la aparato kaj ekprenas la aŭdilon.)

Ĵ: Fine! Kie vi estis tiel longe?

(Anstataŭ la atendita klientino, edzino Abelina respondas.)

A: Saluton, Ĵani, imagu kiun mi renkontis ĉe la frizisto hodiaŭ? Mian malnovan lernejan amikinon Marion. Mi prenis ŝin hejmen kaj ni drinkas iom da ĉampano. Mi devas konsoli ŝin, ŝi ĵus fariĝis vidvino.

Ĵ: Abelina? Kiel vi atingis ĉi tiun numeron?

A: Marion kaj mi ne vidis unu la alian dum preskaŭ tridek jaroj. Kaj subite ni renkontiĝas denove. Ĉu ne ridinde? Fakte, por esti honesta, la renkontiĝo okazis jam antaŭ unu monato. Kaj tiam ŝi rakontis al mi pri sia edzo (edzino) kaj kion ŝi planis fari. Mi trovis tion terure ekscita kaj inspiranta.

Ĵ: Ekscita kaj inspiranta...

A: Ŝi konfesis al mi la tutan historion. Ĉu vi scias? Temis pri granda miskompreno. *(Ŝi ridas.)* Mi ĝojas, ke la afero tiel disvolviĝis. Mi devas pardonpeti al vi, mi estis erare suspektinta vin pri havado de amafero. Do, ĉio komenciĝis per tio, ke vi eliris en tute neeblaj horoj kaj revenis je eĉ pli suspektaj horoj. Mi maltrankviliĝis kaj sekvis vin. Vi renkontis virinon. Vi longe babilis. Kiam vi foriris, mi konfrontis ŝin. *(Ŝi denove ridas.)* Kaj imagu, ĝi estis mia malnova lerneja amikino Marion. Ni havis tiom por rakonti unu al la alia. Plejparte pri niaj edzoj (edzinoj). Komence mi ne povis kredi, ke vi estis tiu, pri kiu ŝi parolis. Ĉu vi vere mortigas homojn?

Ĵ: Kion vi diras? Abelina, ĉu vi scias, pri kio vi parolas?

A: Kompreneble mi scias. Vi vere imponis Marion. „Finfine iu kun principoj!", ŝi diris. Respekte, mi aldonu. Ho, kara, mi estas tiel fiera pri vi.

Ĵ: *(Dubante.)* Ho, ĉu vere…

A: Jes, jes! Ŝi rakontis al mi pri via honorkodo. Kie hodiaŭ oni trovas homojn kun honoro? Kaj vi mortigas nur virojn. Virojn, kiuj kaŭzis damaĝon al aliaj kaj kiuj meritas morton. Neniam virinojn aŭ infanojn.

Ĵ: *(Malkviete.)* Via amikino tro multe babilaĉas.

A: „Sinjoraj enterigist(in)o!" – „Neniulo!" Tiun reputacion oni devas unue gajni. Kaj po 10,000 eŭro por ĉiu tasko! Vi ludas en la unua ligo. Mi, cetere, havas taskon por vi.

Ĵ: Ĉu vi freneziĝis? Mi ne faros murdon por vi!

A: Mi pensas alimaniere. Kiel diris Marion? Se ĉiuj kriterioj estas plenumitaj, la tasko estas plenumita. Fine, vi havas honoron.

Ĵ: *(Obstine.)* Mi ne mortigos iun!

A: Lasu min resumi. Via kodo diras: ĝi devas esti viro, li devas meriti ĝin, vi ricevas 10,000 eŭrojn, kaj poste vi plenumos la taskon sen dubo. Sen skrupuloj. Ĉu vere?

Ĵ: Malvere! Mi faras tion nur kontraŭ pago, ne pro komplezo.

A: Tio signifas, ke se vi jam havus la monon, vi plenumus la taskon? Sen retiriĝi?

Ĵ: Jes, tiam mi nur bezonus scii, kiu estas la celo. Sed tio estas tute hipoteza…

A: Enigu vian maldekstran jakopoŝon, mi lasis tie 10,000 eŭrojn por vi.

Ĵ: Kio? Vi ŝtelis de mi, por ke mi por mia propra mono mortigu iun?

A: Kara, ĝi estas nia mono. Kaj nun ĉiuj kriterioj estas plenumitaj, ĉu ne? Do vi plenumos la taskon. Ĉar temas pri honoro.

Ĵ: Nur super mia mortinta korpo!

A: Mirinde! Vi ĝuste divenis: la celo estas vi!

Ĵ: Kion? Ĉu mi mortigu min mem?

A: Jes, nur tiel tio havas sencon.

Ĵ: Vi estas freneza! Mi tion ne faros!

A: *(Milde.)* Mi sciis, ke vi reagus tiel kaj rifuzus mian taskon. Tial mi aranĝis por vi ioman helpon por la decido. Mi informis la policon, ili devas esti baldaŭ ĉe vi.

Ĵ: *(Ekstere aŭdiĝas kreskanta sireno. Ĵani iĝas hektika.)* Ĉu vi perfidis min?

A: Kiel mi vidas, vi havas tri opciojn nun. Unue: vi akceptas mian taskon. De: vi pafas vian vojon al libereco kaj mortas en pluvo de kugloj de la polico. Aŭ trie: vi iras dumvive en malliberejon. Kompreneble, Elizabeto kaj mi ne vizitos vin. Kion fari kun knabinaĉo? *(Miele dolĉe.)* Kiel ajn vi decidos, mi nun adiaŭas. *(Ŝi finas la alvokon.)*

Ĵ: *(Krias.)* Abelina!

(Ekiĝas sirena sono, kaj aŭdiĝas polica averto.)

P: Atentu, atentu, ĉi tie parolas la polico! La domo estas ĉirkaŭita, rezisti estas senutila. Metu la armilon sur la teron kaj eliru kun levitaj manoj!

Ĵ: *(Kiel ĉasata besto.)* Mi sidas en kaptilo! Perfido de mia propra edzino! Aĉe! Kiel mi eliru el ĉi tio? Antaŭen tute ne eblas. He, kamarado, ĉu ĉi tie estas malantaŭa elirejo aŭ fenestro por fuĝi?

(Hektike kuras tien kaj reen, sed ne trovas solvon.) Mi sidas ĉi tie kiel rato en kaptilo! Kaj la kato sidas antaŭ la pordo kaj nur atendas min!

Kiel malnoblaj povas esti edzinoj, kamarado? Ili atendas, ke ni mortu, por riĉiĝi je la heredaĵo. Ĉu mi havas vivasekuron? Jes, kompreneble mi havas. Je tio ŝi avidis. Ne, ili ne kaptos min! *(Elprenas la telefonon.)* Mi vokos ankoraŭfoje Sabinon; ŝi devas ekkompreni! Ŝi ja ne povas simple forĵeti feliĉan geedzecon por iom da mono. Se ŝi helpas min el ĉi tie, tiam mi ankaŭ diros al ŝi, kie mi kaŝis la grandan monon. Sed tiun informon ŝi ricevos nur poste. Ke mi ne povas fidi ŝin, tion mi ja nun scias. *(Komencas telefoni.)*

A: *(Registrita voĉo.)* Saluton, Ĵani, jen la voĉmesaĝilo de via kara edzino. Mi scias, ke vi troviĝas en malfacila situacio, sed vi certe komprenos, ke ne estas en mia intereso vin savi el ĝi. Vi probable pensis pri strategio por konvinki min refoje akcepti vin hejme. Bedaŭrinde, mi jam trovis la kaŝejon malantaŭ via vestoŝranko inter ĉiuj tiuj abomenaj kostumoj. Kaj ne ekzistas io, kion vi povas oferti al mi kiel interŝanĝon por via vivo. Elizabeto jam ĝojas pri ĉevalo. Ŝi elektis belegan nigran ĉevalon, kiun ŝi nomos laŭ vi. Ĉu ne dolĉe? Kion ajn vi faros, ne prokrastu tro longe, ĉar tio ne helpos vin. Adiaŭ. *(La mesaĝo finiĝas.)*

Ĵ: Ŝi antaŭplanis ĉion. Kaj mi nenion rimarkis. Mi enmiksiĝis en tiun frenezan planon. Mi lasis min ekspluati, mi mortigis vin kaj nun mi sidas en ĉi tiu kaptilo kiel rato. Kiaj eblecoj restas al mi? Mi povus ankoraŭ forigi la plej multajn spurojn kaj tiam sin turni al la polico. Sed se ili kaptas min, ili esploros ĉion.
(Parolas kvazaŭ policisto.) „Kie vi estis en la nokto de tiutempe? Ni serĉos ĝis ni povos ligi ĉiujn krimojn al vi. Poste vi putros por ĉiam en la infero. La prokurorino kaj la juĝistino ne havos kompaton.“

(Denove normale.) Mi ne estas „forta ulo (knabino)", mi ne scias kiel alfronti la verajn krimulojn. Ili detruos min en la malliberejo. La profesiaj malliberuloj konas ĉiujn regulojn, kiel ili ricevas privilegiojn aŭ akiras aferojn. Mi tute ne havas sperton pri tio. Kiom longe mi povus elteni tie? Izolite. Sen familio, kies vizito ĉiun duan monaton donus al mi etan celon. Mi jam sentas klaŭstrofobion en mia aŭto, kiel mi povus elteni malgrandan ĉelon? Do, mi eliros en la kugloŝtormon de la polico. Mi elpaŝos

kun la pafilo en la mano kaj pafos du- aŭ trifoje. Poste ili ekpafos el ĉiuj direktoj. Tio daŭros nur kelkajn sekundojn. Mi mortos kiel (heroo). La gazetoj raportos pri mi, ili ridindigos la policon, ke ili restis tiel longe en la mallumo. Mi esperas, ke ne estos nur novaj rekrutoj, kiuj neniam antaŭe pafis al homo. Kiel murdisto oni devas havi instinkton por mortigi, alie pli bone ili reguligu la trafikon. Ili devas rapide mortigi min; mi ne povas toleri malbonajn pafistojn. Terura penso: mi kuŝas sanganta duonhoron sur la asfalto kaj poste mortas en la ambulanco. Eble estas ankaŭ kaŝpafistoj pretaj por mi. Kun precizaj pafoj ili disrompos mian ŝultron kaj genuon, ili flikigos min en la malsanulejo, kaj kun malforta brako kaj kruro, kiun mi ne plu povos uzi, mi venos en la malliberejon. Kaj poste... kiel supre. Ankaŭ ne estas alternativo. Eble mi sukcesus en la malliberejo kaj povus dungi murdist(in)on kontraŭ mia edzino. Kiam ŝi ricevos novan amant(in)on kaj komencos diboĉi per mia mono, vizitos ŝin. Tiu ne restos longe, sed mortigos ŝin kaj ŝian koramik(in)on dum seksa interakto.

(Enspirante profunde.) Sed kion mi gajnus el tio? Nenion. Mi ne estus liberigita el la malliberejo. Kaj Elizabeto kreskus kiel orfo. Se nun oni jam mokas ŝin ĉe la lernejo, ĉar ŝi ne havas rat-dorsosakon, kiel estos, se ŝia patr(in)o estos en malliberejo? Ne, ŝi prefere restu kun sia patrino. Sciu, kamarado, estis vere bela tempo. *(Sidiĝas apud la mortinto.)* Mi havis ĉion, kion mi bezonis: belan edzinon, amindan filinon, ĉiam sufiĉe da mono, ekscitan laboron... kaj neniu iam min persekutis. Mi do vivis tute trankvile ĉe la superleno. Kial tiam ĉiuj ĉi tiuj zorgoj pri fino, kiu venos iel ajn? Oni ja foriru, kiam estas plej bele kaj oni devas kompreni, kiam la momento alvenas. Ĉiuj volas maljuniĝi, sen maljuniĝi. Sed ja temas pri la intenseco de la vivo, ne pri ĝia daŭro. Ho ve, mi ankoraŭ havis planojn. Kaj tamen mi atingis ĉion. Al besto oni donas la kompaton de rapida pafo, por ke ĝi ne suferu. Tiel mi ĉiam traktis miajn klientojn. Mi estas artist(in)o, kun preciza pafo mi sen doloro finigis vivojn. Kaj nun mi metu min en la manojn de amatoroj? Estu mutilita en prizono aŭ kripligita de junaj pafistoj? Ne!

Abelina tute pravas pri la tri elektoj, kiujn ŝi donis. *(Enmetas la manon en la poŝon kaj elprenas la paketon da mono.)* Mi akceptas ŝian proponon. *(Prenas pecon da pico el la skatolo kaj manĝas ĝin, pensema.)* Ja, mi estas profesiulo kaj persono de honoro. Mi kutime nur pafas al viroj. Viroj, kiuj meritas tion, ĉar ili kaŭzis malbonon al aliaj. Sed apenaŭ mi povus pravigi al iu ajn, ke mi mem ne kaŭzis malbonon al aliaj, ĉu ne, kamarado? Mi ricevis mian pagon kaj nun mi plenumos la taskon. Sen „se" nek „sed", eĉ se mi havas skrupulojn. Mi meritas tion. Mi havas honoron en la animo kaj sekvas mian kodon. *(Levas la pafilon al la tempio kaj streĉas la kokeron.)* Do: Adiaŭ, Ratĉjo! Ni renkontiĝos en la infero.

(La lumo estingiĝas. Aŭdiĝas pafo, kaj en la mallumo Ĵani falas malantaŭ la sofon. La kurteno fermiĝas.)

FINO

Evgenij Georgiev

Bopatrino – superheroo, surhavanta antaŭtukon

Saluton, karaj amikoj! Mi estas denove kun vi! Milmilon da kisoj al vi. Kiel bone estas ke vi min ĝisatendis. Sed ĉu vi scias, amikoj: mi tristas hodiaŭ. Jes. Totale. Lastatempe oni akuzis min pri trivialaĵoj, primitivaĵoj. Nu, kion diri… Pura deliro. Rukta sensencaĵo. Infana fratraso. Iu antaŭnelonge eĉ diris ke mi estas… Ho, mi ne memorfiksis, sed notis tiun vorton. Speciale mi notis. Ke mi estas "ki… ĉu.. lo…". Li mem estas kriĉulo. Tio estas mia profesio, finfine, kaj ĉiuj profesioj egalas. Mi ja en supermerkato ne diras: "Ho! Tiu kasisto ne estas tre originala, mi iru al la alia." Ho ho ho! Se oni alvenis ĉi tien, oni sidu kaj aŭskultu. Ĉiu okupiĝu pri la propra afero laŭpove. Nu, mi ial koleriĝis. Preskaŭ vaporo el nazotruoj eliĝas…

Tamen se iu pensas ke estas tre facile dumhore idiotaĵojn eldiri sur la scenejo, halanĝi, danceti, parodieti, grimacaĉi, – kriĉi unuvorte, tiu aliru min kaj demandu ĉu veras tio. Kaj mi respondos ke tio dependas. Foje jes, foje ne, sed unu aferon mi firme scias: kritiki pli facilas, ol fari. Mi kritikiston ĉiam rekonos. Li tiel aspektas, kvazaŭ la tuta mondo, ŝuldante al li etan monsumon, prepariĝus transloĝiĝi al la alia planedo sen redono, kaj al li nur ĵus oni diris pri tio.

Nu, ne vi, tute ne vi diris ke mi estas ki… kiĉulo. Mi ne vin akuzas, sinjoro en la tria vico. Kial vi tiel streĉis vin? Aŭ ĉu ankaŭ vi estas kritikisto? Ĉe vi eĉ la oreloj punciĝis. Ĉu eble hejme estas iaj problemoj? Mi ja scias. Tion mi divenis laŭ viaj tatuitaj ombroj sub la okuloj. Ĉu ne tatuitaj? Permesu al mi pli detale esplori. Ha, efektive la naturaj. Bonŝancas vi. Ĉu vi dormas laŭvice kun iu? Ĉu permanenta manko de litoj turmentas vin? Ne, al mi ne ŝajnas, kara! Mi eĉ povas ĵuri ke vi dividas tiun vian liton kun malviro – via vizaĝo mem kriĉadas pri tio. Kio? Nu, ne. Ne timulo. Miso! Malviro ne estas timulo. Sed mi ja timus dividi kun vi la liton. Jes. Vi tiel impresas. Eĉ se mi estus malviro. Kio? Se mi ne estus malviro? Same mi timetus vin iom. Sed mi ja ne estas malviro…

Ve! Vi tute implikis min. Malviro estas rekta gracia kontraŭo de viro, nome virino. Kaj tiuj junaj belaj virinoj meznokte, kvazaŭ sorĉe, foje transformiĝas al edzinoj. Pu! Kia terura fabelo, ĉu ne? Ĉu nun vi estas timulo? Jen. Nu, timu en paco. Mi tuj divenis ke vi estas edziĝinta al iu. La edzoj konstante timas ion…

Ĉu vi ĉiuj scias kiel alimaniere eblas testi ĉu ĉeestas edziĝintaj viroj en la ejo? Nur prononcu la vorton "bopatrino" – kaj duono de la ĉeestantoj reflekse klinos la kapon, samkiel sub uragana ventegopuŝo. Kaj la dua duono… Nu, tiuj estas la uloj, kies bopatrinoj sidas en la unua vico. Saluton, sinjorino Klara! Mia bopatrino nomiĝas Klara, sed mia vivo iĝis ne multe pli klara pro tiu fakto. Tute kontraŭe! Sed tio estas mia kulpo, kompreneble. Kiam ŝi proklamas ke ŝi alvenis por gasti dum kelkaj semajnoj, nia hundo prenas sian bovlon kaj transloĝiĝas sub vestoŝrankon. Simple por ĉia okazo.

Bopatrino estas unika hibrido de Federacia Buroo de Enketado, kuirarta blogisto kaj via propra konscienco. Ŝi scias ke vi manĝis barbekuon pasintsabate sen permeso. Ŝi sentas tion danke al la ajla aromo el via curriculum vitae. (Kaj ĝuste tial vi ne povas trovi normalan laborlokon nun. Bla bla bla… Pli bone estus, se vi okupiĝus pri ia serioza afero, sed ne pri viaj bagateloj. Tiel vi ekhavos nur la postenon de neceseja purigisto. Kaj tiel plu.) Ŝi efektive posedas multegajn diversajn talentojn. Sed ekzistas la ĉefa. Kaj kion do eblas diri pri ŝia supo? Nur tion ke ĝi ne estas ordinara supo, sed la tuta Nobel-Premio en kuirpoto! Jam post unu telero vi komencas kredi ke ĝi vere estas produktita "per sekreta familia recepto" – eble kun aldono de industriaj kataliziloj. Mi planas glaciigi kelkajn bokalojn da tiu supo. Kiam niaj foraj posteuloj gustumos ĝin, ili ekenviegos nin, – pri tio mi certas.

Ŝi ĉiam aperas je la plej oportuna momento. Ekzemple, kiam vi penas ekspliki al via edzino ke la sofo en gastoĉambro aspektas ideala rekte tiuloke, kie ĝi situis dum ĉiuj dek jaroj ĝis nun. Kaj via bopatrino jam enmiksiĝas, kiel maĉbombono inter dentojn: "Mi ĝin transmovus je du centimetroj dekstren, laŭ Fengŝuo! Endas ĉion dismeti laŭ Fengŝuo, se vi ne volas sperti malfeliĉon. Kaj por vi nemalhaveblas ŝanĝi tapetojn, se vi movas meblojn – samokaze. Kaj por la infanoj – alian lernejon trovi.

Kaj tondi la hundon…" Kaj jen vi staras, kapjesas, tamen en via kapo turniĝas la sola penso: "Kie estas la butono 'nuligi' en tiu ĉi patrina aplikaĵo?" Kaj rimarku ke tiun aplikaĵon ne instalis vi mem. Vi jam komencas pensi ke iuj kiberfriponoj liveris tiun trezoron al vi…

Ŝiaj kotletoj estas aparta speco de sporto. Ĉu vi iam laboris en metalurgia uzino? Se jes, vi min komprenos. Ili estas tiom malmolaj ke per ili eblas ludi je tabloteniso por metalurgoj – per feraj rakedoj. Aŭ krevigi nuksojn. Aŭ ŝtopi breĉon en la ŝipa kareno. Aŭ murdi… Vi do provas delikate aludi: "Probable iomete pli sukoplenaj ili estu?" Ŝi senhezite rebatas: "Vi tute ne scipovas kuiri! Silentu!" Do, vi jam dum du horoj asistas ŝin en kuirejo, kaj ŝi flustras: "Memoru, kara… Salo estas blanka morto. Sed kotletoj sen salo aŭ sen sufiĉe da salo estas griza vegetado".

Mi fojfoje pensas ke ŝi vere povus fariĝi perfekta superheroo. Nur kostumo estas bezonata. Ha, ja eblas uzi la ĉiutagan antaŭtukon, ornamitan per floroj. Ŝi povus flugi per la potenca atoma motoro, kiu funkcius per fuelo el patkukoj kaj utilaj konsiloj. Flugi super urbo kaj savi homojn. Kolosa virino. En ĉiuj sencoj. Ĉi-okaze eĉ superforto superfluas, ĉar ĉiuj ŝiaj fortoj estas superaj. Aparte la muskola. Hieraŭ ŝi per suĉkloŝo levetis gisferan bankuvon unumane. Per la dua ŝi tenis poŝtelefonon kaj diskutis la novan melodraman filmoserion.

Kaj ŝia rigardo! Tio ja estas infraruĝa kamerao, mensogdetektilo kaj radioskopio en unu loko. Ŝi eniras vian apartamenton – tuj estas detektitaj: polvo sur lustro, viraj ŝtrumpetoj sub la sofo kaj via vizito al drinkejo merkrede. "Bofileto, ĉu vi kaŝas ion?" – ŝi demandas, borante vian estingiĝintan cigaredon per fiksrigardo de Sherlock Holmes. Kaj vi, kiel lernejano, balbutas: "Tion… Tion mia amiko fumis, kiu ĵus foriris hejmen. Vi ja konas lin". "Amiko, ĉu? – ŝi ruze redemandas. – Kaj mi alportis por vi novan T-ĉemizon". Mi prenas la donacon kaj diras ke poste surprovos. Sed ne, nepre nun! La skribaĵo surbruste pitoreskas: "Mi maturas, vi ne trompos min". Kia ĉarmaĵo… Ankaŭ mi rozkoloran T-ĉemizon al ŝi donacis poste. "Idolo kun bukliloj" – diras mia skribaĵo. Ŝi vere fariĝis mia idolo. La maturecon aŭ la aĝon mi neniam tuŝos en la skribaĵo. Mi ja ne estas kamikazo.

Sed ĉu vi scias kion mi intencas diri? Sub ĉiuj tiuj "konsiloj", hiper-prizorgo kaj kotletoj-obusoj sin kaŝas… jes-jes, la amo.

Ŝi simple volas ke ŝia filino estu feliĉa. Kaj danke al iu geedza kemia (kaj pli ĝuste: alkemia) reakcio, tiu feliĉo verŝiĝos ankaŭ al mia kalva kapo. Ŝi volas ke en nia domo odoru je kukoj. Ke vi ne forgesu surmeti la ĉapon. Ke ŝiaj genepoj estu sanaj. Kaj se diri honeste... Sen ŝiaj "intervenoj" nia vivo estus eĉ pli enua, ol sensalaj kotletoj . Do, vi, levu la manojn, kiuj pretas hodiaŭ telefoni al la propra bopatrino kaj diri: "Dankon pro ĉio! Mi vin aprezegas. Sed kiun precize ĉapon surmeti, tion mi mem decidos".

Toni Espinosa

Semantika potenco de Esperanto: de kombineblo al signifo

Enkonduko

La vortkonstrua kapablo de Esperanto ofte estas priskribita per la metaforo de Lego-ludilo. Tamen, la tipaj Lego-pecoj havas nur du alkroĉeblajn flankojn el ses. Simile, kvankam la vortfaraj reguloj en Esperanto ne estas tro postulemaj, semantiko metas limojn al la eblaj kombinaĵoj. Ekzemple, kvankam oni povas gramatike konstrui regulan formon kiel "boŝtono", restas la demando, ĉu tiu vorto povus signifi ion (Kiselman, 2015).

Lastatempaj progresoj en artefarita intelekto malfermis novajn vojojn por lingva analizo. Neŭronaj retoj transformas vortojn en mult-dimensiajn vektorojn kaj kaptas kompleksajn semantikajn rilatojn. Ĉu artefarita lingva modelo, kvazaŭ la kato de Alico en Mirlando, povus rideti, sugestante al ni, kio estas "boŝtono" aŭ "malkato"? Tiaj iloj povas malfermi novajn perspektivojn por eksplori la esprimkapablon de Esperanto.

Esperanto montriĝas aparte potenca en sia kapablo priskribi la realon, imagitajn konceptojn kaj eĉ absurdajn ideojn per kreitaj formoj. Tiu ĉi trajto eĥas kun la fama aforismo de Wittgenstein: "La limoj de mia lingvo signifas la limojn de mia mondo." Sed, ĝis kiu nivelo Esperanto utiligas sian kombinopovon? Ĉu ĝi malfermas vastan oceanon da eblecoj, el kiuj ni povas eltiri nur kelkajn gutetojn?

Ĉi tiu eseo celas eksplori du fundamentajn aspektojn de esperanta vortkonstruo: la ekonomion de ĝiaj kombinoj kaj la semantikajn limojn de vortkunmetaĵoj. Unuflanke, ni analizos la kombineblon de sufiksoj en Esperanto per statistikaj metodoj. Aliflanke, ni studos semantikajn rilatojn inter vortoj. Kvankam tia aliro jam estas konata (Harris, 1954; Osgood, 1957), ni uzos neŭran retan modeladon, kiu ebligas pli profundan analizon (Mikolov, 2013).

La eseo estas dividita en du ĉefajn partojn.

En la unua parto ni esploros la interrilaton inter teorie eblaj vortkombinoj kaj ilia reala apero en referencaj korpusoj. Ni komparos la nombron de teorie eblaj sufiksaj kombinaĵoj kun tiuj efektive trovitaj en la Tekstaro[1], montrante, ke teorie generitaj kombinaĵoj, sekvas lingvajn ŝablonojn, kiuj kongruas kun la leĝoj de Heaps kaj Zipf.

La dua parto uzas vektorajn metodojn por analizi la semantikon de vortoj. Ni konstruas du modelojn: unu bazitan sur la Tekstaro de Esperanto kaj alian sur Vikipedio[2], uzante vortajn vektorajn reprezentojn (angle *word embeddings*). Ni montras, ke la transformado de vortoj en mult-dimensiajn vektorojn ebligas ne nur mezuri la similecon inter vortoj, sed ankaŭ fari interesajn analogiojn.

1 Unua parto: de eblo al realo

Kvankam Zamenhof jam prezentis pedagogiajn ekzemplojn pri kunmetado de radikoj kaj afiksoj (Ekzerco 42), analizi ĉiujn eblajn vortkombinojn estus neebla tasko. Por simpligi la esploron, ni fokusiĝas al la kombinebleco de sufiksoj. Ni taksos, kiom el la teorie eblaj sufiksaj kombinaĵoj aperas en Tekstaro, uzata kiel referenca korpuso.

1.1 Prilaborado de la Korpuso

La esploro baziĝis sur la segmentita versio de la Tekstaro, disponebla en la retejo, kiu enhavas 117 apartajn dosierojn[3]. Ĉi tiuj dosieroj estis konvertitaj al tekstformato (.txt) kaj dividitaj en blokojn de ĉirkaŭ 500 000 vortoj por faciligi la analizon. Oni konstatis preskaŭ perfektan korelacion inter la nombro de vortoj kaj la dosierpezo en kilobajtoj (KB) (Pearson-koeficiento = 0.9996), kio ebligis taksi la nombron de vortoj per la sekva formulo:

$$\text{Vortoj} = 101.21 \times \text{KB} + 6089.25$$

Ĉi tiu metodo permesis al ni prilabori la korpuson en blokojn, ebligante kontroladon kaj analizon de la datumoj. Kvankam la segmentoj ne estis tute homogenaj laŭ enhavo kaj stilo, la rezultoj montriĝis koheraj.

---

1   https://tekstaro.com

2   https://eo.wikipedia.org

3   Dato de la elŝuto: la 10-an de decembro 2024.

1.2 Sufiksaj kombinaĵoj

La analizo baziĝis sur oficialaj sufiksoj (Wennergren, 2020). La du formoj "-ĉj" kaj "-nj", kiujn Ernest Drezen (1931) konsideris esceptoj en la sufiksa sistemo kaj kvazaŭ deklinaciaj formoj, ne estis inkluditaj en la esploro. Entute, estis analizitaj 29 sufiksoj:

"aĉ, ad, aĵ, an, ar, ebl, ec, eg, ej, em, end, er, estr, et, id, ig, iĝ, il, in, ind, ing, ism, ist, obl, on, op, uj, ul, um"

Per R-programo ni generis tekstdosieron kun ĉiuj eblaj duopaj kombinaĵoj de la listitaj sufiksoj. Ĉiu kombino konsistis el du malsamaj sufiksoj en ambaŭ ordoj, rezultante je 812 kombinaĵoj ($29 \times 29 - 29$).

1.3 Kresko de la sufiksaj kombinaĵoj

Per R-programo ni traserĉis tiujn sufiksajn kombinaĵojn en la segmentita korpuso, registrante ilian nombron. Ĉiufoje kiam ni aldonis pli da teksto, ni refaris la serĉon por vidi, kiom la nombro de unikaj kombinaĵoj kreskadas laŭ la grando de la korpuso.

La suba tabelo montras, kiel la nombro de trovitaj kombinaĵoj evoluas laŭ la kvanto de aldonitaj vortoj.

Vortoj	Kombinaĵoj	Vortoj	Kombinaĵoj
484171	123	6727140	374
1077496	192	7320466	377
1856586	226	7892024	389
2417154	256	8638357	400
2988713	276	9133412	404
3571155	295	10021763	406
4109850	310	10615088	409
4637661	346	11416052	416
5110842	354	12042240	426
5638654	360	12733943	430
6122825	365	13130620	435

Tabelo 1: Akumulita kreskado de la sufiksaj kombinaĵoj laŭ la gradeco de la korpuso

El la 812 teorie eblaj kombinaĵoj, 435 (53,6%) aperis en la analizo. La duobla enira tabelo (Bildo 1) montras la kombinitajn frekvencojn laŭ la unua sufikso sur la vertikala akso kaj laŭ la dua sufikso sur la horizontala akso. Ekzemple, la kombinaĵo *ist ar* aperis 9517-foje, dum ĝia inversa formo *ar ist* nur 106-foje, respektive trovataj en vortoj kiel *registaro* kaj *vortaristo*[4].

Oni tuj rimarkas kolonojn kaj vicojn kun aparte altaj aŭ preskaŭ nulaj valoroj, reflektante la variajn kombineblecojn. Ekzemple, *ig* kaj *iĝ* ofte aperas en dua pozicio, dum numeralaj sufiksoj malpli kombiniĝas. Krome, certaj kombinaĵoj estas tre oftaj, dum aliaj aperas nur sporade.

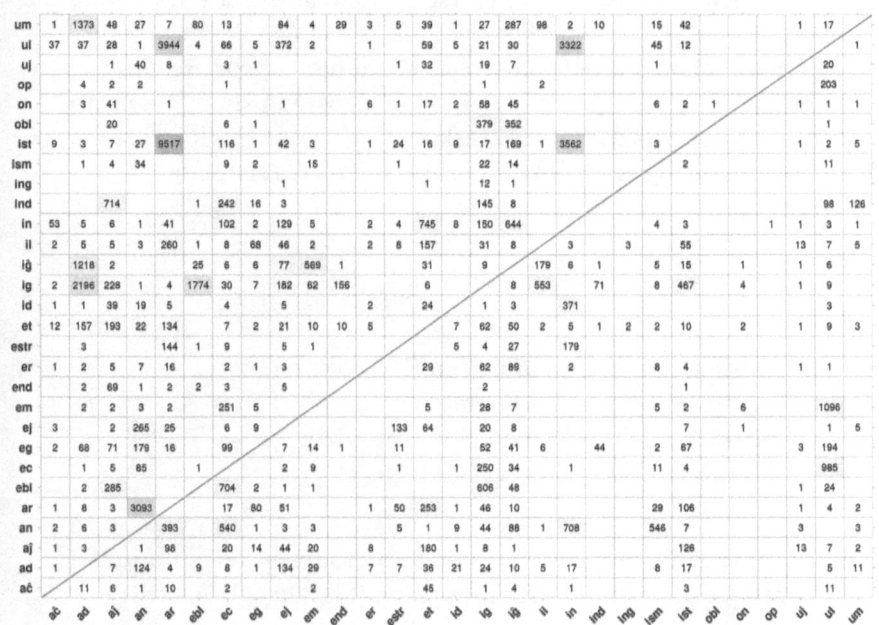

Bildo 1: Duobla enira tabelo de frekvencoj

---

4 Ni uzis la dosierojn de la Tekstaro kun streketoj por eviti misanalizon. Ekzemple; vortoj kiel *kul·in·o* aŭ *afer·ist·o* ne povas esti mise interpretataj danke al la streketa divido.

1.4 Modelado de la aperoj de sufiksaj kombinaĵoj

Dum la korpuso kreskadas, la apero de novaj vortoj fariĝas ĉiam malpli ofta sekvante potencan funkcion. Ĉi tio reflektas la universalan lingvan fenomenon priskribatan per la Leĝo de Heaps:

$$V = k \cdot N^{\beta}$$

kie N estas la nombro de vortoj en la korpuso, V la nombro de unikaj vortoj, kaj k kaj β estas empirikaj parametroj. En multaj lingvaj korpusoj β estas proksimume 0.5 (Sano, 2012). Ĉi tiu leĝo rilatas al la Leĝo de Zipf (van Leijenhorst, 2005), kiu prognozas, ke la ofteco de vorto estas inverse proporcia al ĝia rango en la ofteclisto.

Ĉar ni laboras kun finia aro da elementoj — specife sufiksaj kombinaĵoj ene de kunmetaĵoj — ni uzas saturitan potencan funkcion por priskribi ilian kreskon. Ĉi tiu funkcio, kies kresko estas limigita al 812, reflektas la saturecon de la sistemo:

$$K = V_{maks} \cdot \frac{N^{\beta}}{C + N^{\beta}}$$

kie:

- K estas la nombro da unikaj sufiksaj kombinaĵoj
- $V_{maks} = 812$ estas la teoria limo de "duopoj",
- β priskribas la kreskon de la vortprovizo,
- C kontrolas la transiron al saturiĝo.

La optimalaj valoroj, trovitaj per la metodo de la minimumaj kvadratoj, uzante la *minpack*-R-pakaĵon (Elzhov, 2023), estis:

$$K = 812 \cdot \frac{N^{0.546}}{6431.06 + N^{0.546}} \cdot$$

Kiel montras Bildo 1, la grafika komparo inter la modelo kaj la empiriaj datumoj montras bonan kongruon. Kvankam la korpuso ne estis hazarde miksita, sed sekvis la originalan ordon de la aldonitaj tekstoj, la ĝenerala tendenco estas klare rimarkebla.

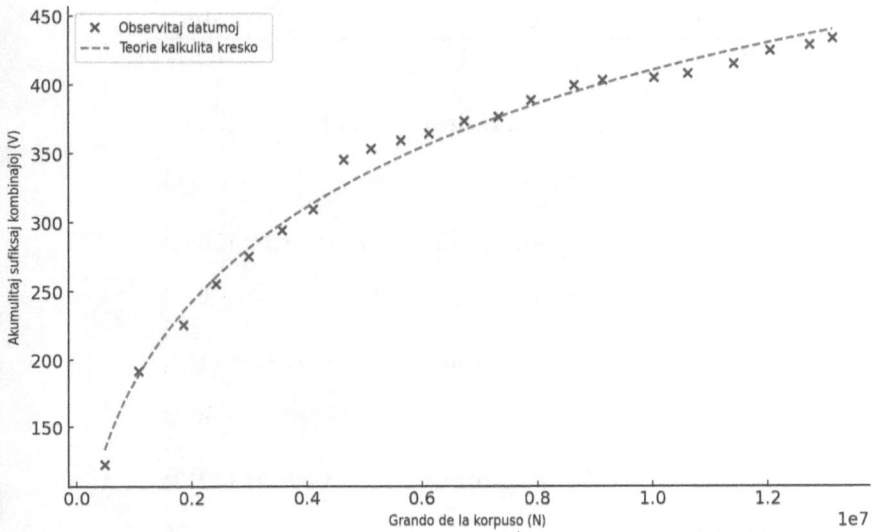

Bildo 2: Alĝustigo de la kreskado de sufiksaj kombinaĵoj al la ekvacio

Krome, la distribuo de la kombinaĵoj sugestas, ke la oftecoj kongruas al la Zipf-leĝo, kio jam estis esplorita en Esperanto (Manaris, 2006): kelkaj kombinaĵoj aperas tre ofte, dum la plimulto estas tre maloftaj. El 435 paroj, 252 havas oftecon malpli ol 10, kaj 81 aperas nur unufoje. La statistikaj parametroj de la distribuo (mediano = 6, Q1 = 1, Q3 = 34, maksimumo = 9517) montras fortan malegalecon.

La sekva tabelo montras la plej oftajn kombinaĵojn kaj iliajn bazajn trajtojn. En la vortformoj, la finaĵoj ne estas konsiderataj; tial reg ist ar o, reg ist ar a, ktp. estas konsiderataj kiel la sama formo.

Kombinaĵo	Kategorio	Valoro
IST-AR	Ofteco	9517
	Formoj	201
	Plej ofta formo	*reg•ist•ar•* (7402)
UL-AR	Ofteco	3944
	Vortoj	137
	Plej ofta formo	*jun•ul•ar•* (2856)
IST-IN	Ofteco	3558
	Formoj	405
	Plej ofta formo	*serv•ist•in•* (452)
AR-AN	Ofteco	3093
	Formoj	89
	Plej ofta formo	*estr•ar•an•* (1213)
IG-AD	Ofteco	2196
	Formoj	447
	Plej ofta formo	*util•ig•ad•* (161)
IG-EBL	Ofteco	1774
	Formoj	226
	Plej ofta formo	*daŭr•ig•ebl•* (229)

Tabelo 2: Resumo de la plej oftaj sufiksaj kombinaĵoj.

1.5 Konkludoj de la unua parto

Kvankam ni analizis nur la kombinaĵojn de du sufiksoj, pli ol duono (53,6%) el la *teorie* eblaj formoj fakte aperis en la Tekstaro. Ilia apero sekvas laŭtendence modelon de kresko (similan al la Leĝo de Heaps) kaj altagrade malegalan frekvencdistribuon (similan al la Leĝo de Zipf).

Tiu rezulto montras, ke la kombineblo de Esperanto ne funkcias kaose: eĉ en limigita eksperimento, la praktikaj kombinaĵoj strukturite aperas en grandaj kvantoj. Esperanto do montriĝas *kaj* potenca *kaj* ekonomia, ĉar multaj el la teorie eblaj kunmetoj trovas sian lokon en la praktika lingvouzo.

Kio pri la 377 neaperintaj kombinaĵoj? Ĉu ili mankas ĉar ili estas absurdaj, nekutimaj aŭ ne alglueblaj al aliaj radikoj? En la sekva parto, ni provos lumigi ĉi tiun demandon per vektoraj metodoj, kiuj povus klarigi la semantikajn rilatojn inter vortoj kaj esplori la limojn de signifo en Esperanto.

2 Dua parto: plonĝo en la vektoran spacon

Antaŭ ol enprofundiĝi, necesas klarigi bazajn konceptojn pri la uzata tekniko. La ĉefa ideo estas transformi vortojn en vektorojn, kiuj reprezentas ilian pozicion en multidimensia spaco (word embeddings). Ĉi tiu koncepto similas al la klasika tri-dimensia spaco, sed en ĉi tiu kazo la nombro de dimensioj povas esti 100, 200 aŭ eĉ pli, depende de la trejnado de la uzata neŭra reto.

Ni uzas vektoran reprezentadon por kapti semantikajn rilatojn inter vortoj en grandaj korpusoj. Ĉi tiu aliro estas la unua paŝo en la konstruo de modernaj lingvaj modeloj, kiel GPT (*Generative Pre-trained Transformer*), kaj aliaj modeloj bazitaj sur la Transformer-tekniko (Vaswani, 2017).

2.1 Modeloj: konstruo kaj komparo

Por la eksperimentoj pri vektora reprezentado de vortoj en Esperanto, ni prilaboris du malsamajn korpusojn: Tekstaro kaj Vikipedio. Ambaŭ korpusoj estis purigitaj kaj pretigitaj por trejnado.

2.1.1 Korpusa prilaborado

La unua modelo, same kiel en la unua parto de ĉi tiu eseo, baziĝis sur la Tekstaro, de kiu ni uzis la HTML-dosieron kun streketoj[5], kiu ampleksas 533 MB. Ni konvertis la 117 dosierojn al simpla teksto (.txt) kaj kunfandis ilin en unu dosieron.

La dua modelo estis konstruita el kopio de Vikipedio[6]. Post malkunpremado, la datumaro okupis 1,7 GB. Mi uzis la ilon *WikiExtractor* por ekstrakti kaj konverti la enhavon en simplan tekston.

Ambaŭ korpusoj estis purigitaj (forigante specialajn signojn kaj farante aliajn prilaborojn) kaj segmentitaj (*tokenized*) por adapti ilin al la trejnado.

---

5   https://tekstaro.com/elshuti.html (Dato de la elŝuto: la 10-an de decembro 2024.)

6   https://mirror.accum.se/mirror/wikimedia.org/dumps/eowiki/20241220/ (eowiki-20241220-pages-articles-multistream.xml.bz2)

2.2 Trejnado de la modeloj

Por la trejnado de la modeloj, ni uzis *Word2Vec*, metodo kiu transformas vortojn en vektorojn, uzante la *Gensim*-bibliotekon en Python (Řehůřek, 2010).

Tekstaro-modelo:

La vortoj estis reprezentitaj en 200-dimensia spaco. Ni uzis la CBOW (*Continuous Bag of Words*) algoritmon kun kunteksta fenestro de 5 vortoj en ambaŭ direktoj. Nur radikoj kun almenaŭ du aperoj estis konsiderataj. La trejnado daŭris 5 ciklojn uzante kvar procesorkernojn.

Vikipedio-modelo:

Ĉi tiu modelo uzis 100-dimensiajn reprezentojn. Denove estis aplikita la CBOW-algoritmo, sed kun pli mallarĝa kunteksta fenestro (tri vortoj ĉirkaŭ la centro), kaj nur vortoj kun almenaŭ kvin aperoj estis inkluzivitaj. La trejnado daŭris same kvin ciklojn, sed ĉi-foje per du procesorkernoj. Ĝi estis pli modesta pro la limigoj de komputilaj rimedoj.

2.3 Malsamecoj inter la modeloj

La Tekstaro-modelo uzas vortradikojn; ekzemple, la vorto *registaro* estas segmentita en *reg*, *ist* kaj *ar*. Tio faciligas eksploradon de la sufiksoj de la unua parto de la eseo. Kontraste, la Vikipedio-modelo traktas vortojn kiel tutaĵojn, tiel ke *registaro* estas konsiderata sen segmentado.

La modeloj kaj la pretigitaj datumoj estas disponeblaj ĉe: https://mallonge.net/modeloj

2.4 Ekzemploj kaj interpretoj

En la Tekstaro-modelo, se ni petas la vektoron de *kat*, ni ricevas liston de 200 nombroj, kiuj priskribas ĝian pozicion en la multidimensia spaco. Tamen, por pli intuicia kompreno, ni povas uzi kolorajn mapojn, kie ĉiu koloro[7] reprezentas unu valoron de la vektoro. Jen kelkaj ekzemploj:

---

7 Noto: En la originala kolora versio, la vektoroj por "kato" kaj "hundo" aperis en similaj bluaj nuancoj, dum "-ig" montriĝis en ruĝaj tonoj.

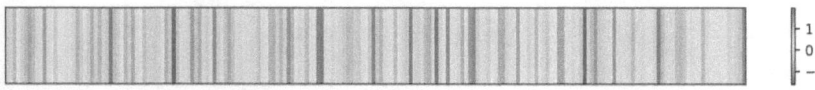

Bildo 3: Kolora reprezento de la vektoro de "kat".

Simile, la vektoroj de *hund* kaj *ig* estas prezentitaj en la sekvaj figuroj:

Bildo 4: Kolora reprezento de la vektoro de "hund".

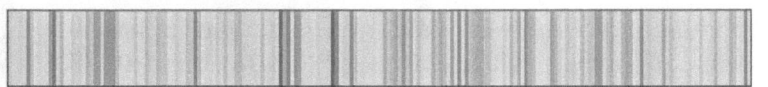

Bildo 5: Kolora reprezento de la vektoro de "ig".

La modelo permesas kalkuli distancojn inter vortoj, uzante kosinusan similecon. La valoroj varias inter -1 kaj 1, kie 1 montras kompletan similecon. Ekzemple, la simileco inter *hund* kaj *kat* estas 0,7681, indikante fortan semantikan proksimecon. Aliflanke, la simileco inter *kat* kaj *ig* estas -0,1168, montrante preskaŭ nenian rilaton. Oni povas intuitive percepti tiajn rilatojn rigardante la kolorajn reprezentaĵojn.

2.5 Esploro pri la signifo de la sufiksaj kombinaĵoj

Semantika analizo de sufiksoj havas longan tradicion (ekz. Saussure, 1915). En ĉi tiu esploro, ni montros, kiel vektora modelo, trejnita per neŭra reto, povas utili por eltrovi signifajn rilatojn inter vortoj. Ekzemple, la sufikso *aĉ* esprimas malestimon aŭ negativecon (PIV, 2020). Se ni petas al la modelo la plej similajn vortojn al *aĉ*, ni ricevas:

Radiko	Simileco	Radiko	Simileco
malic	0,5999	idiot	0,5268
bub	0,5496	fi	0,5169
fripon	0,5480	mok	0,5129
verm	0,5298	diboĉ	0,5114
insult	0,5287	sovaĝ	0,4957

Tabelo 3: Plej similaj vortoj al sufikso aĉ en la Tekstaro-modelo

La rezultoj klare montras, ke *aĉ* rilatas al vortoj kun negativa nuanco. Tamen, la modelo ankaŭ generas kelkajn neatenditajn rezultojn, kiel *bub*. Ĉu tio eble sugestas malestiman uzon de la vorto *bubo*?

Krome, se ni petas al la Tekstaro-modelo vortojn similajn al la radiko *estr*, ni ricevas rezultojn kiel *ueaestr* (0,5418), *konsil* (0,4770), *komitat* (0,4453) kaj *magistrat* (0,4237). Tamen, se ni kombinas *aĉ* kun *estr*, la modelaj rezultoj estas la jenaj[8]:

Radiko	Simileco	Radiko	Simileco
kanajl	0,4942	**nobel**	0,4206
fripon	0,4734	idiot	0,4190
brut	0,4614	malic	0,4067
insult	0,4456	bub	0,3958
aristokrat	0,4215	mok	0,3957

Tabelo 4: Plej similaj vortoj al estr + aĉ

Ni konstatas, kiel aperas radikoj kiel *kanajl, brut, aristokrat*, kaj *nobel*. Tio sugestas la ekziston de subkuŝantaj kliŝoj kaj stereotipoj rilataj al sociaj roloj kaj statusoj. Tiuj vortoj ne aperas pro ilia gramatika konstruo, sed reflektas oftajn kuntekstajn asociojn en la korpuso, montrante kiel lingvo povas speguli sociajn perceptojn.

La eksperimento ne nur montras, ke pli ol duono de la eblaj formoj jam aperis, sed ĝi ankaŭ ebligas prognozi ilian kreskon,

---

8 La modelo ne distingas ordon, kiam oni serĉas miksaĵon de du aŭ pli da radikoj.

kiam oni aldonos pli da vortoj al la korpuso. Se ĉi tiu rezulto estas ĝeneraligebla, la limoj de vortkreado en Esperanto povus esti nepenseble vastaj.

Por fini la esploron pri la Tekstaro-modelo, ni prezentas ekzemplon de dudimensia reprezentado de vektoroj, kiu povas esti utila al esploristoj. La modelo uzas algoritmon por reduktado de dimensioj (van der Maaten, 2008), kiu ebligas projekcii altdimensiajn vektorojn en dudimensian spacon. Kvankam iuj detaloj perdiĝas dum la reduktado, la diagramo montras ĉiun radikon kiel punkton, kies distanco al aliaj punktoj reflektas ilian proksimecon en la vektora spaco. Radikoj kun similaj uzokuntekstoj tendencas grupiĝi, dum pli malsimilaj vortoj aperas pli malproksime unu de la alia. Ni uzis kolorojn por reliefigi tiun efikon.

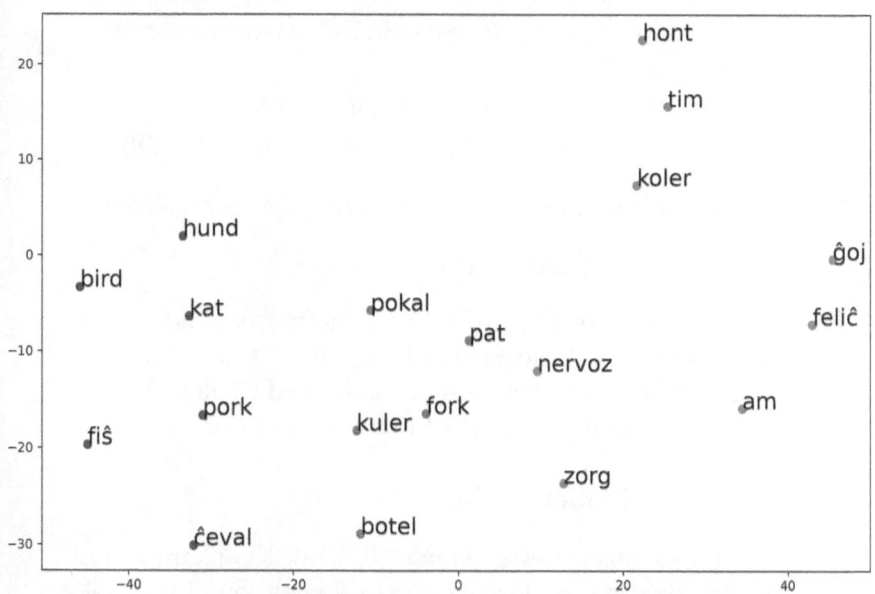

Bildo 6: *Ekzemplo de dudimensia reprezentado de vektoroj en la Tekstaro-modelo*

2.6 Vektoraj analogioj. Kio estas malkato?

Unu el la plej mirigaj trajtoj de vektora modelo estas ĝia kapablo fari *semantikajn operaciojn* inter vortoj. Fakte, tiaj operacioj estas kalkuloj en la multidimensia vektora spaco de la lingvo, kio ebligas reliefigi rilatojn kaj starigi analogiojn. Ni eksperimentas pri tio kaj esploras, kiel la Vikipedio-modelo interpretas tiajn rilatojn. Ĉi tiu modelo estis trejnita per kunmetitaj vortoj, ne per apartaj radikoj, kiel la Tekstaro-modelo. Interkrampe aperas la similecvaloro de la elektita vorto. Ni komencu per tipa ekzemplo[9]:

Italio - Romo + Parizo = ?

La modelo respondas per **Francio** (simileco: 0,7813). Tio signifas, ke la vektoro de *Italio*, subtrahita per la vektoro de *Romo* kaj aldonita al la vektoro de *Parizo*, estas la plej proksima al la vektoro de *Francio*. Ni daŭrigas per similaj ekzemploj:

- *Verda + lingvo = Esperanto (0,7083).*
- *Ŝtrumpeto - piedo + mano = ganto (0,6485).*
- *Esperanto + movado - lingvo = SAT (Sennacieca Asocio Tutmonda) (0,6505).*
- *Esperanto + lingvo - verda = volapuko (0,6861)*
- *Esperanto + scienco - kulturo = interlingvistiko (0,6629)*

Sed, kio okazas kiam ni esploras eĉ pli strangajn kombinaĵojn?[10]

bofrato - frato + ŝtono = ?

La respondo estas **marmoro**, (0,7712). Ĉu marmoro estas speco de *bo-io* de ŝtono? Evidente ne en la kutima senco, tamen la modelo kaptis, ke marmoro ne estas ordinara ŝtono, sed rilata al ĝi.

Kaj nun, la atendita demando: **kio estas malkato?**

Malforta + Kato - Forta = ?

La okulrondiga rezulto estas **hundo** (0,7613). Kvankam la respondo estas absurda, mi faris la saman demandon al mia dekjara filo, kaj li senhezite respondis: "Malkato estas hundo", tuj aldonante: "Sed ĝi vere ne ekzistas". Kio okazas? La modelo supozeble perceptas, ke *kato* kaj *hundo* estas ofte prezentataj

---

9   Ekzemplo de kodo: model.wv.most_similar(positive=["italio", "parizo"], negative=["romo"], topn=1).

10 Ekzemplo de kodo: model.wv.most_similar(positive=["bofrato", "ŝtono"], negative=["frato"], topn=1)

kiel apartigantaj ebloj en tekstoj. Sekve, se *kato* estas inversita per mal-, la plej proksima alternativo en la vektora spaco estas *hundo*. Tiu ekzemplo helpas nin pli bone kompreni, kiel funkcias la ena mekanismo, kiu iel eĉ rememorigas pri la nebula homa kompreno de vortsignifoj.

Krome, la vektorigitaj vortoj ebligas al ni esplori la lingvo-uzon. Ekzemple, kiam ni demandas pri la plej proksima vorto al *samideano*:

model.wv.most_similar("samideano", topn=1)

La modelo respondas per **kolego** (0,7116). Ĉi tiu rezulto reflektas, ke en la korpuso la termino *samideano* ofte estas uzata en kunteksto pli proksima al *kunlaboranto* aŭ *partnero* ol al la difinita ideo de kunhavigi saman idearon aŭ celon (PIV, 2020).

Gravas rimarki, ke la modelo ne "inventas" la rezultojn; ĝi baziĝas sur la rilatoj inter vortoj, kiel ili aperas en granda korpuso. Tial tiaj iloj ne nur helpas nin esplori la signifon de vortoj, sed ankaŭ permesas pli empirian aliron al ilia kutima uzo en tekstoj.

3 Finaj konkludoj

Ĉi tiu eseo prezentis faktojn, kiuj montras, ke la kombinebleco de Esperanto ne nur estas teoria eblo, sed ankaŭ reale efika kaj granda. Ni vidis, ke:

1. Pli ol la duono el la teorie eblaj sufiksaj kombinaĵoj aperis en la Tekstaro, kaj ilia kresko kongruas al lingvaj ŝablonoj (similaj al la leĝoj de Heaps kaj Zipf).
2. Ni donis plurajn ekzemplojn, pri kiel la uzo de vektoraj metodoj (*word embeddings*) povas esti utilaj por esplori semantikajn rilatojn inter vortoj.

La ĉifrado de vortoj en mult-dimensiajn vektorajn spacojn, per neŭra reto, donas al ni novajn rimedojn por esplori la lingvon. La modelo baziĝas sur la signifa kunteksto de vortoj: ju pli simila la kunteksto de du vortoj, des pli proksimaj estas iliaj vektoroj. Tiaj komputilaj metodoj montriĝas utilaj por esplori la *faktajn* rilatojn inter vortoj, preter la difinoj en vortaroj.

Post la prezentitaj provoj kaj argumentoj, mi riskas aserti, ke Esperanto ne nur kapablas reprodukti la funkciojn de la etnaj lingvoj (jam historie pruvite), sed ankaŭ iras foren, ebligante esprimkapablojn kaj strukturojn, kiujn aliaj lingvoj ne tiel facile disponigas.

Rigardu la mondon kun ĝiaj streĉoj kaj konfliktoj – kelkaj videblaj, aliaj kaŝitaj – kaj vi rimarkos, ke la bezono de neŭtrala, justa kaj fleksebla komuna mondlingvo ne velkis (GK UEA n-ro 1085). Male, ĝi fariĝas eĉ pli urĝa. La ideo pri internacia lingvo restas same aktuala kiel iam ajn, precipe en mondo, kie *komuna prikomunika pensmaniero* povus mildigi daŭrantan malharmonion (Kimura, 2003). Indas daŭre espolori la virtojn de ĉi tiu juvelo de la homaro: Esperanto, profitante la modernajn rimedojn.

Bibliografio

Drezen, E. (1931). *Skizo pri teorio de Esperanto.* Moskvo: CK SĔSR : Ekrelo. p. 37. https://data.onb.ac.at/dtl/8800328

Elzhov, T. V., Mullen, K. M., Spiess, A.-N., & Bolker, B. (2023). *minpack.lm: R Interface to the Levenberg-Marquardt Nonlinear Least-Squares Algorithm Found in MINPACK.* (R package version 1.2-3). Retrieved from https://cran.r-project.org/package=minpack.lm

Harris, Z. (1954). Distributional structure. *Word*, 10(2-3), 146–162.

Kimura, G. C. (2003). The metacommunicative ideology of Esperanto. *Language Problems and Language Planning*, 27(1), 71-83.

Kiselman, C. (2015). Kombineblo de vortelementoj en Esperanto - rigardo malantaŭen kaj antaŭen. *Esperanto Studies*, 7, 73-125.

Mikolov, T., Sutskever, I., Chen, K., Corrado, G., & Dean, J. (2013). Distributed Representations of Words and Phrases and their Compositionality. *Proceedings of the International Conference on Learning Representations (ICLR).* https://papers.nips.cc/paper_files/paper/2013/file/9aa42b31882ec039965f3c4923ce901b-Paper.pdf

Manaris, B., Pellicoro, L., Pothering, G., & Hodges, H. (2006). Investigating Esperanto's statistical proportions relative to other languages using neural networks and Zipf's law. *Proceedings of the 2006 IASTED International Conference on Artificial Intelligence and Applications (AIA 2006)*, February 13–16, Innsbruck, Austria.

Osgood, C. E., Suci, G. J., & Tannenbaum, P. H. (1957). The measurement of meaning. Urbana IL: University of Illinois Press.

Řehůřek, R., & Sojka, P. (2010). Software Framework for Topic Modelling with Large Corpora. *In Proceedings of the LREC 2010 Workshop on New Challenges for NLP Frameworks*. ELRA, 45–50. https://radimrehurek.com/gensim/

Saussure, R. de (1915). *Fundamentaj Reguloj de la vort-teorio en Esperanto* . Berno.

Sano, Y., Takayasu, H., & Takayasu, M. (2012). Zipf's Law and Heaps' Law Can Predict the Size of Potential Words. *Progress of Theoretical Physics Supplement*, 194, 202–209.

UEA (2022). Al Rihla kaj Al Hilm: Esperanto sur la pilkoj de la Mondpokalo 2022. *Gazetaraj Komunikoj de UEA*, N-ro 1085 (2022-12-15). https://uea.org/gk/1085

van der Maaten, L.J.P.; Hinton, G.E. (2008). Visualizing Data using t-SNE. *Journal of Machine Learning Research*, 9: 2579–2605.

van Leijenhorst, D. C., & van der Weide, Th. P. (2005). A formal derivation of Heaps' Law. *Information Sciences*, 170(2–4), 263–272. ISSN 0020-0255. doi:10.1016/j.ins.2004.03.006. https://www.sciencedirect.com/science/article/pii/S0020025504000696

Vaswani, A., Shazeer, N., Parmar, N., Uszkoreit, J., Jones, L., Gomez, A. N., Kaiser, L., & Polosukhin, I. (2017). Attention is all you need. *Advances in Neural Information Processing Systems*, 5998–6008.

Waringhien, G. (redaktoro†) (2020). *Plena Ilustrita Vortaro de Esperanto* (4-a eld.). SAT.

Wennergren, B. (2020). *Plena Manlibro de Esperanta Gramatiko.* E@I kaj La Raneto. § 38.2

Petro Palivoda

Ploras la ĉiel'

Ekde la maten' frapadas pluv'
Kvazaŭ tamburado sur tegmento.
Ŝajnas, ke minacas nin diluv'
El sub alta griza firmamento.

Larmoj falas al la trista ter',
Homoj hastas hejmen en silento
Tra malvarmo, koto, malesper',
Forkurante de l' pluveg' kaj vento.

Refreno:
Supertere ploras la ĉiel',
Vane mi por la renkonto preĝas -
Malaperis vi en la malhel',
Ĉion la severa pluv' sieĝas.

Forlavitas ĉiu via spur'
Per la nuboj ŝtormaj kaj koleraj,
Restis trans la densa pluva mur'
Viaj kisoj, dolĉaj kaj teneraj.

Frapojn ĉe l' fenestro aŭdos mi -
Tuj malfermos larĝe mi la pordon.
Vi silentas, tamen ventokri'
En ĉi-nokt' donacu salutvorton.

Refreno:
Supertere ploras la ĉiel',
Vane mi por la renkonto preĝas -
Malaperis vi en la malhel',
Ĉion la severa pluv' sieĝas.

Petro Palivoda

Amhistorio

Mia koro al vera poemo sopiras,
Ne bezonas malveron perfidan la koro.
Kaj por vi, mia kara, mi verki deziras,
Kiam luno arĝentas en tiu ĉi horo.

Refreno:
Miaj ĉiuj poemoj estas amhistori',
Pro la amo naskiĝas en la kor' poezi'
Nur por vi, nur por vi,
Amatin' mia bela, la feliĉ' de la viv'.

Kiel trovu mi tiujn konvenajn liniojn?
Per steletoj ĉielaj mi ilin ornamas.
Mi plenigis per vortoj grandegajn foliojn,
Tamen ĉiu poem' komenciĝis: «Mi amas...»

Ĉar mi vere ne povas komenci alie,
Se l' anim pro la amo disfloras kaj flamas.
Kaj batadis la kor' en la brusto pasie,
Kaj kriadis senĉese: «Mi amas, mi amas!»

Refreno:
Miaj ĉiuj poemoj estas amhistori',
Pro la amo naskiĝas en la kor' poezi'
Nur por vi, nur por vi,
Amatin' mia bela, la feliĉ' de la viv'.

Ewa Barbara Grochowska

Nedeca tango

Je la mezonokto, en malfama drinkejo,
akre odoraĉas la proksima fumejo.
Sen ĝoj', malvigle, ludas lacaj muzikistoj
por du brakumitaj, ŝancelantaj dancistoj.

Tango, nedeca tango, eĉ ne argentina,
Li nur bezonas tuŝi ŝian bruston inan.
Tango, nedeca tango, tute nekohera,
Ŝi nur bezonas senti lian forton feran.

Pro la soleco, nigraj pensoj de despero
Tuja allogo trafis ilin en vespero.
Kiam kubut' ĉe kubuto, en la bufedo
ili sin plezurigis per turnkapa medo.

Tango, nedeca tango, eĉ ne argentina,
Li nur bezonas tuŝi ŝian bruston inan.
Tango, nedeca tango, tute nekohera,
Ŝi nur bezonas senti lian forton feran.

Daŭre ĉerizas ruĝa vango ĉe la vango,
kruroj miksiĝas, perdas ritmon de la tango.
En ŝiaj vejnoj fluas sango de hetajro;
ŝi lin kontaĝas per la brulo inferfajra.

Tango, nedeca tango, eĉ ne argentina,
Sed la paro turniĝas ĝis la noktofino.
Tango, nedeca tango, tute nekohera,
Nur la luno kompatas tian ammizeron.

Ewa Barbara Grochowska

Ĝuu la vivon

Vivo estas momenteto
Inter steloj kaj kometoj,
Predo fajna por la mort'
Ar' da ĉeloj en haŭtkorb'.

Ĝuu la vivon, ĝuu la vivon,
Nepre ĝuu ĝin!

De la tago de naskiĝo
Ĝis la lasta transformiĝo,
Marŝas ni sur supla drato,
Provas esti akrobatoj.

Ĝuu la vivon, ĝuu la vivon,
Nepre ĝuu ĝin!

Ne postkuru la karieron,
Gloru belon de la Tero.
Ĝuu brizon ĉe la maro,
L' akvofalon de Niagaro.

Ĝuu la vivon, ĝuu la vivon,
Nepre ĝuu ĝin!

Amu florojn kaj bestetojn,
Kaptu pepojn de birdetoj,
Verku odojn kaj sonetojn,
Provu iĝi, ja, poeto!

Ĝuu la vivon, ĝuu la vivon,
Nepre ĝuu ĝin!

Miguel Fernández

Raporto de la prezidanto

Kaj la militoj pluas! Unu el ili, tiu en Gaza-strio, estas ne milito sed genocido. Pli ol 55 000 senkulpuloj, inter ili preskaŭ 17 000 infanoj (preskaŭ milo el ili aĝis malpli ol unu jaron!), estis jam murditaj ekde la 7a de oktobro 2023. Sed la internacia komunumo, malgraŭ vortaj kondamnoj, tion toleras! Kia naŭzo! Kia indigno! Diversaj kolektivoj kaj ordinaraj homoj, tamen, partoprenas sennombrajn manifestaciojn kaj protestomarŝojn por denunci tian genocidon. Tielas en Hispanio.

Pasintjare, kadre de ĉi sekcio, *E-kultura renkontiĝejo*, de mia ĉiujara *Raporto de la Prezidanto*, mi sciigis la legantaron de *Belarta rikolto* pri la starigo, fare de la soci-kritika madrida poetaro, de poezia maratono el dek du seninterrompe sinsekvaj horoj nomata *Poesía por Palestina. Versos contra el Genocidio* [Poezio por Palestino. Versoj kontraŭ la genocido]. Pli ol 120 poetoj, inter ili mi mem, estis invititaj partopreni en tiu poezia maratono. La eĥo de tiu propono mirindis. Tiel, ke poetaj kolektivoj en pli ol 30 urboj en Hispanio, aliaj eŭropaj landoj kaj Hispan-Ameriko transprenis la iniciaton kaj ankaŭ ili starigis similajn aranĝojn. Entute, pli ol mil poetoj en la mondo deklamis siajn poemojn kontraŭ la genocido en Gaza-strio!!! Esperanto tie rolis pere de versoj de mi deklamitaj el mia poemo *Gazao en la koro*[1].

Poste, en junio 2024, pli ol cento da tiaj homoj, nome la t.n. "poetas de la conciencia crítica" [poetoj pri la kritika konscienco], ĉe kiuj mi rigardatas kiel "la voĉo de Esperanto en la grupo", responde al alvoko far la poeto Alberto García-Teresa, grupiĝis en madrida konata placo por manifesti nian drastan rifuzon pri la masakrado de la palestina popolo sisteme praktikata de la israela ŝtato. Ni estis petataj ĉeesti en blanka ĉemizo. En la placo,

---

1 Videaĵo kun i.a. deklamo far Suso Moinhos de ĉi poemo spekteblas ĉe: you-tube.com/watch?v=331nwUsH19Y – Videaĵo kun i.a. deklamo far la aŭtoro de la poemo, Miguel Fernández, en ties hispanigo, spekteblas ĉe: youtube.com/watch?v=a2zgApougmc

oni enmanigis al ĉiu el ni folion kun la teksto de la poemo *Si debo morir* [Se mi devas morti], de la palestina poeto Refaat Alareer, en hispanigo far Julio Mas Alcaraz. Refaat Alareer, murdita en Gazao la 6an de decembro 2023 kadre de israela bombardado, iĝis simbolo de la rezisto de la palestina popolo al la genocido. La poeto ne forlasis sian naskiĝurbon eĉ, kiam la israelaj fortoj komencis sieĝi Palestinon. Fakte, li restis sinŝirme en lernejo, kune kun aliaj rifuĝintoj kaj la propra familio, ĝis la momento, kiam, telefone ricevinte minacojn, li foriris de tiu ejo por ne endanĝerigi la vivon de la kunuloj. Tial, antaŭ ol li, kune kun siaj fratino kaj nevoj, fine estis murdita, la poeto alŝutis al sociaj retoj sian poemon *Se mi devas morti*. Lia profilo en X-reto rapide pleniĝis de apog-, kaj admir-mesaĝoj al li kaj de kondamnoj pri la genocido far la israela ŝtato. Ĝis tioma grado, ke centoj da miloj da homoj aliĝis al ret-iniciato por traduki la versojn de Refaat Alareer en ĉiujn eblajn idiomojn. Nuntempe, la poemo disponeblas en, proksimume, 40 lingvoj.

Batis la dekdua. Ni, ĉiuj poetoj grupiĝintaj en la menciita madrida placo, kuŝiĝis unu apud la alia, ĝis la placo vidiĝis kovrita per korpoj de kvazaŭmurditaj blankaĉemizuloj, kiuj beltakte elĥoris la versojn de Alareer. Jen ili, en mia esperantigo:

SE MI DEVAS MORTI

Se mi devas morti,
vi devas vivi
por rakonti mian historion,
por forvendi miajn aĵojn,
por aĉeti pecon da ŝtofo
kaj ŝnurojn
(la ŝtofo blanku kaj havu longan voston)
por ke, ie en Gaza-strio, infano,
dum la okuloj rigardas la ĉielon
en atendo de l' patro, kiu foriris ĉe ekflamo
kaj neniun adiaŭis,
eĉ ne la propran karnon,
eĉ ne sin mem,

vidu la kajton, mian kajton de vi faritan, en sorflugo
kaj por momento pensu, ke tie estas anĝelo portanta
revene la amon.
Se mi devas morti,
lasu min kunpreni esperon,
lasu, ke temu pri fabelo.

Samplace, unu jaron poste, la pasintan 14an de junio, centoj da
madridanoj kunvenis por protesti kontraŭ la genocido. Temis pri
unu plia el la 125 homkoncentriĝoj samtage okazintaj en diversaj
hispanaj placoj responde al alvoko far la platformo *PararLaGuerra*
[HaltiguLaMiliton]. En la regiono Madrido, pluraj homkolumnoj
elmarŝis el diversaj vilaĝoj por koncentriĝi ĉe la t.n. *Jardines
de Palestina* [Palestinaj Ĝardenoj], en la ĉefurbo. Ĉi tutŝtataj
koncentriĝoj okazis unu tagon antaŭ ol miloj da aktivuloj alvenis
al la landlimo Gazao-Egiptio por peti milithalton kadre de la t.n.
Marcha Internacional a Gaza [Internacia Marŝado al Gazao]. Estis
antaŭvidite, ke la aktivuloj tie kampados dum 72 horoj por poste
reveni al Kairo, sed pluraj el ili denuncis, ke ili estis arestitaj ĉe la
egipta landlimo kaj eĉ ke ili estis elpelitaj el la lando.

Nu, unu plian jaron mi devas komenci ĉi sekcion per kondamno
de la israela genocido kontraŭ la palestina popolo. Ĝis kiam
do? Beletro ne staru for de kontraŭhumanaj kondutoj. La fina
celo de beletro estu la homo kaj ties rilatoj kun la aliaj estaĵoj kaj
kun la medio. Jam en mia raporto en 2019 mi reproduktis por la
legantoj de *Belarta rikolto* poemon miapluman, kies oportuneco
pluas. Temas pri *Alvoko en tiom minora*, el mia poemaro *El miaj
sonoraj soloj* (IEM, Vieno, 1996). Per ĝi, mi invitas la E-poetaron
fari el la E-poezio "armilon ŝargitan per futuro", laŭe al la moto far
la hispana poeto Gabriel Celaya[2]. Jen mia poemo:

---

2   Poemoj de Gabriel Celaya (1911-1991), kune kun biografia-bibliografia noto kaj
    komentoj pri lia poezio, legeblas en Esperanto en la libro *Poezio: armilo ŝargita
    per futuro*, komentita antologio de hispana poezio kontestema, engaĝiĝinta, socia
    kaj revolucia, Miguel Fernández, SATeH, 2013.

ALVOKO EN TIOM MINORA

Oni lasu la bukedon da lilioj kaj ĝistalie
enŝlimiĝu por helpi la serĉantojn de lilioj

FEDERICO GARCÍA LORCA

Tiom flari
la floron de la verdo,
ke ties ver' aperas senaroma.
Tiom kanti
la tagon finavenkan,
ke ni preteratentis,
ke la animo dume iĝis olda,
kaj ke la kor' ankoraŭ
pli maltrankvile batas.
Tiom plejalten sori
per la impuls' de nia klara pravo,
ke ni ne plu videblas de surtere.
Tiom da vortoj... trafaj, jes, kaj tiom
da farendaĵoj.
       Tiom da futuro!
Sed faktas ni kaj nunas
– la dispopolo –:
         jamas, amas, hatas,
asketas kaj voluptas;
akuŝas dolorspasme kaj naskiĝas
sen steloj sur la brusto,
sen nimboj de sankteco,
sen fonoj anĝelĥoraj,
           sed kun kriĉoj,
kun la terur' krampita al la ventro,
kun nia haŭto plena de makuloj
placentaj, likvaj, sangaj.
Suferas sub mil jugoj. Ankaŭ mortas.
Tielas ni,
     nek pli nek malpli: homoj
– jen la esenco –,
        kvankam
en interlig' unika
– jen nia akcidenco poezia –.

Poetoj esperantaj, do, poetu:
skulptu fajrvorte nian opan memon
- la hodiaŭan -
                    nuda kaj senkarna.
Sed, antaŭ ĉio, venu al la homo:
demetu ĉiu bardo la laŭrkronon,
la tonon profesoran,
la senpekecon ŝajnan,
forlasu l' empireon
                    kaj descendu
al ni,
al nia vivo-morto ĉiutaga
                    - nia belo

el koto kaj el puro,
el aspro kaj atlaso -,
                    al kanvaso
de niaj faroj pitaj kaj gigantaj.

Defloru ĉiu bardo la petalon
de plej ĵusa liriko karn-ostula.

(Ĉu skandi plu rozroson kaj versajlojn?
Ĉu trivi plu aŭtunojn verleneskajn?
Ĉu fermi plu la sentojn
en la prizonon striktan de la normoj:
                                    formoj
perfektaj dokte, pave, fride, ŝrumpe?)

Siropon for!
Elpremu
al ni el vortoj dolĉon kaj acerbon;
el ĉiu verso, svarmon sonorvibran,
por ĉiu senso, kosmon da sensacoj;
por ĉiu kor', ties poemon-veron.
Revenigu
al nia febla vino ĝian ŝaŭmon
- velkas la glasoj, orfaj je bobeloj;
langvoras niaj gorĝoj;
la lipoj splenas,
sopiras,
ve! -.

Kaj ebriigu nin.
Ekpaŝu ŝlimen:
ekpaŝu al serĉantoj de lilioj,
la vejnojn disfenditaj.
Kaj aliĝu.
Kaj trubaduru sprone mil homaĵojn.
Kaj tegu nian penon per koloroj.

Estas la ĝusta horo por alstrebi
per pleje fajnaj liroj en la nuno
kaj nin kaj nian tempon de ĉerizoj.

Nu, en 2024 kaj 2025 ĝueblis pluraj interesaj kulturaj eventoj, kie la Esperanto-kulturo estis rigardata jen kiel interesa vehiklo de diskonigo de naci-lingvaj kulturoj, jen kiel kulturilo egale digna kiel ĉi lastaj. Ĉi-terene menciindas jena letero el s-ano Briko diskonigita de mia SAT-kamarado Henry Bruno:

> *Kara samideano Henry,*
>
> *Saluton! Kunplezure Esperanto-muzeo en Zaozhuang-a Universitato informas al vi, ke Seminario pri Tradukado kaj Diskonigado de la Ĉina Kulturo en Esperanto okazos la 28-an de junio.*
> *Ni sincere petas gratulan leteron de SAT, kaj invitas vin kaj viajn kolegojn partopreni rete. La ligilo de reta kunsidejo sendiĝos, kiam tio estos preta. Dankon pro via subteno al Esperanto-muzeo.*
>
> *Elkore*
> *Briko*
> *Internacia Esperanto-Muzeo en Zaozhuang-a Universitato*

Same menciindas jenaj pribeletraj programeroj konceptitaj kadre de la 83a Kongreso de Hispana Esperanto-Federacio (de la 1a ĝis la 4a de majo 2025) en la urbo Sorio (h. *Soria*, pr. Sorja):

1- Majstra prezento[3] far la ibera-skolano Antonio Valén, nia BK-ĵuriano en la branĉoj Mikronovelo kaj Eseo, de unu el la plej konataj poemoj de la hispana poeto super poetoj Antonio

---

3   Spektebla ĉe: https://www.youtube.com/watch?v=sL0ePqguT48&t=10s

Machado (1875-1939), *Al seka ulmo*[4], en traduko de Fernando de Diego.

2- Al sama hispana E-beletristo Antonio Valén ŝuldiĝas prezento de du el siaj lastaj esperantigoj: *Rekviemo por hispana kamparano*, romano de unu el la granduloj de la dudekajarcenta hispana romanarto, Ramón J. Sender (1901-1982), kaj sia elkatalunigo *Mil kretenoj*, aro da tri noveloj el premiita novelaro de la nuntempa kataluna verkisto kaj ĵurnalisto Quim Monzó (1952).

3- Siaflanke, la ibera-skolanino Ana Manero, faris prezenton[5] de sia eksterordinara ambaŭlingva (Esperanta-hispana) eseo *Maruja Mallo (Multe pli ol avangarda artistino)* / *Maruja Mallo (Mucho más que una artista de vanguardia)*. En ĝi, Manero, i.a. pentristino kaj bibliotekistino, krom konata E-aktivulino, fajnastile analizas la vivon kaj verkaron de Maruja Mallo (1902-1995), plej interesa avangardisma pentristino, virino kaj homa estaĵo. La libron ilustras kolekto da koloraj fotoj de renomaj pentraĵoj de Mallo.

4- Unu el la min koncernaj programeroj konsistis en prezento de unika poemaro en jenaj tri lingvoj: la hispana (la originala) plus Esperanto kaj la portugala (tradukaj). Temas pri *poesía luz me urge* / *poezio lumo al mi urĝas* / *urge-me poesia-luz* (Caraba Ibérica, 2025). La prezenton faris kaj la aŭtoro de la originala hispanlingva poemantologio, Armando Silles McLaney, kiu veturis Sorien el Madrido tiucele, la portugaliginto, poeto Carlos d'Abreu, kiu aŭtis el Portugalio en Sorion samcele, kaj mi mem, esperantiginto, kiu troviĝis tie kiel responsulo pri diversaj kongres-programeroj. Ni sentis la mankon de dua esperantisto kunlaborinta en la realigo de ĉi sen-egala verko, la galega E-poeto Suso Moinhos, kiu okupiĝis pri la trilingva prologo de la poemaro. Pri Silles McLaney mi siatempe artikolis en *Beletra Almanako* kaj *La Ondo de Esperanto*, kie mi pritraktis liajn personecon, poezion kaj kulturan agadon kaj prezentis kelkajn el liaj poemoj en mia esperantigo. Simile pri Carlos d'Abreu. Nu, dirindas, ke al la

---

4   Ĉi poemo, kune kun aliaj de la sama aŭtoro, same en traduko de Fernando de Diego, legeblas en la libro *Sentempa simfonio (Poem-antologio hispana)*, Madrido, 1987, n-ro 3 de la kolekto Hispana Literaturo.

5   Ĉi prezento spekteblas ĉe: https://www.youtube.com/watch?v=JGP7Kt3B1M8

trilingva prezento de la libro la publiko reagis emocie. Oni taksis mirinda la fakton, ke ni interpretis saman belan melodion per tri same belaj diversaj instrumentoj: la hispana, Esperanto kaj la portugala, en tiu ordo.

5- Unu el la programeroj plej spekteme atendataj en Sorio estis la jam tradicia HEF-kongresa aranĝo Poezia Vespero, kiun pliafoje mi havis la honoron organizi kaj gvidi. Ĉi-jare ĝi planedis ĉirkaŭ la poezio de la Soria poetino María Ángeles Maeso, mia kamaradino en la grupo de la poetoj praktikantaj la t.n. "poezion pri la kritika konscienco". Kial? Nu, ĉar HEF deziris priomaĝi ŝin pro ŝiaj meritoj kiel poetino kaj kiel engaĝiĝinta virino, kies simpatio al Esperanto sekvigis en 2017 la dulingvan (hispanan-Esperantan) publikigon far *Lastura ediciones*, de unu el ŝiaj ĉefaj poemaroj, *Vamos, vemos / Ni iras, vidas*, rigardata kiel eldona sukceso. Kia honoro por mi okupiĝi pri la ambaŭlingva prologo al tiu poemaro, en la 3a eldono de la libro, kaj pri la esperantigo de la poemoj en ĝi!

6- Aliflanke, mi kaptis la okazon por, finfine, persone prezenti kongres-kadre mian lastan E-poemaron, *Semo de matenruĝoj*, aperigitan de Mondial en 2023. Pri ĉi poem-kolekto, mi substrekis, ke ĝi vidis la lumon ĝuste 30 jarojn post la apero de la kvaropa poemaro *Ibere libere* kaj de la estiĝo de la t.n. Ibera Skolo, kiu, opinie de respektindaj E-beletristoj, alportis freŝajn kaj refreŝigajn trablovojn al la E-literaturo. Same substrekindas, ke la ibera-skolanoj agadas plue, jen unuope jen plurope. Ekzemple, kiel sciate, la du Miguel'oj (Gutiérrez Adúriz kaj mi mem), krom ke ni ade poemas, novelas, artikolas por E-revuoj ktp, gvidas (li kiel Sekretario; mi kiel Prezidanto) la iradon de unu el la plej gravaj motoroj de literatura kreo en Esperantujo: la *Belartaj Konkursoj de UEA*. Kun aparta ĝojo, mi konstatis, ke ĉi-jare plia ibera-skolano, kunaŭtoro de *Ibere libere*, la portugalo Gonçalo Neves, konkursis en la branĉo Poezio de *BK*, kaj du el liaj poemoj ricevis honoran mencion.

Cetere, mi sciigis la ĉeestantojn al mia prezento de *Semo de matenruĝoj*, ke mi rigardas ĝin kiel mian plej maturan poemkolekton. La prologinto, Nicola Ruggiero (ankoraŭfojajn dankon kaj gratulon, kara Nicola, pro via bonega prologo!), de la Akademio Literatura de Esperanto, aldonis ĉi verkon, kune kun mia poemaro *El miaj sonoraj soloj* (1996), al la listo de gravaj E-beletraĵoj ellaborita de majstro William Auld antaŭ kvarona jarcento. Kiel granda honoro! (Pliafoje plej elkoran dankon, Nicola!).

En mia pasintjara *E-kultura renkontiĝejo*, mi sciigis vin pri la aperigo far la madrida eldonejo Lastura de mia hispanlingva novelaro *La palabra y el viento*, surbaze de kvin eroj, en mia propra hispanigo, el mia E-novelaro *La vorto kaj la vento*, publikigita de Mondial en 2016. Nu, ĉi-jare mi sciigas vin, ke miaj eldonistinoj petis min ĉeesti iam ĉe la budo de Lastura en la Madrida Libro-Foiro, unu el la plej gravaj tiuspecaj aranĝoj en Hispanio, por subskribi ekzemplerojn de mia hispanlingva novelaro. La sukceso tielis, ke, iom pli ol unu horon post la komenco de la subskribado, ĉiuj ekzempleroj alportitaj de la eldonistinoj elĉerpiĝis. Do ili petis min reveni alitage. Kaj mi tion faris. Kaj la sukceso ripetiĝis. Sukceso, kiu ege kontentigas min, ĉar, en sia prologo, la doktoro pri hispana filologio Alberto García-Teresa, prezentas la libron kiel estimindan produkton de la E-kulturo. Kaj tio, nome "elkatakombigo de la E-kulturo", kiel vi scias, aparte tuŝas mian animon.

Pasintaprile mi ricevis mesaĝon de mia usona SAT-kamarado kaj literatura kolego Brandon Sowers, kiu, revene de sia "pilgrimado far agnostikulo" al Santiago de Compostela, troviĝis en Madrido antaŭ ol reflugi Usonen. En 2012-2013, li pasigis unu jaron en la hispana ĉefurbo, kaj li kaj mi interkonatiĝis. En 2022, mi ree renkontis lin, tamen ne en Hispanio, sed en Portugalio, ĝuste en la urbo Porto, kadre de mia prezento de mia poemlibro *Semente de alvoradas*, elhispanigo far la portugala poeto Carlos d'Abreu de mia hispanlingva poem-antologio *Semilla de arrebol*.

Nu, pasintaprile ni rendevuis kaj pasigis belan vesperon en tre literatureca madrida restoracio: *La Musa de Espronceda* [La Muzo de Espronceda]. La nomo rilatas al la poeto José de Espronceda[6]

---

6 Poemoj de José de Espronceda, en esperantigo de Fernando de Diego, legeblas en la libro *Sentempa simfonio (Poem-antologio hispana)*, Madrido, 1987, n-ro 3 de la kolekto Hispana Literaturo.

(1808-1842), hispana paradigmo de la revolucia romantikismo, "la hispana Bajrono". Lia muzo estis Teresa Mancha, lia amatino, kiu loĝis kaj mortis ĝuste en la domo nun okupata de la menciita restoracio, kaj al kiu li verkis la faman elegion *Kanto al Tereza*. Kaj tie ni parolis pri nuntempa E-literaturo. Jam de kelkaj jaroj min impresas la kreivo, alta nivelo, beletra plurtalenteco kaj brilo de grupo da relative junaj amerikaj beletremuloj abunde kaj redunde premiataj (en BK, INK ktp), kiel Brandon Sowers mem, la porto-rikano Jorge Rafael Nogueras ktp. Ni membroj de la t.n. Ibera Skolo ĉiam rekomendis grupiĝon kiel mirindan rimedon por literatura kreado. Do nin aparte emocias, ke la menciitaj, kune kun pliaj, homoj grupe aktivas, studas verkoteknikojn kaj alportas novajn vibrojn al la E-literaturo. Kaj aparte nin honoras tio, kion Brandon al mi aldonis ĉe La Muzo de Espronceda, t.e. ke, omaĝe al *Ibere libere* (krom al la muzik-ensemblo *Persone*), ili adoptis por la grupo la nomon *Usone persone*. Antaŭen do, kolegoj kaj amikoj! Senpacience ni atendas novajn produktojn de viaj studemo kaj talento. Vivu *Usone persone* por la bono de la E-literaturo!

Aliflanke, nin ĝojigas la ekzisto kaj lastatempa multiĝo de specife literaturaj bit-revuoj, kie niaj E-beletristoj, ĉu jam agnoskitaj, ĉu nove bakitaj, prezentas siajn kreaĵojn. Unu el tiuj E-kulturaj disvastigiloj estas la konata prestiĝa revuo *Penseo*, kiu en februaro 2025 publikigis sian 400an numeron. Ne pli kaj ne malpli! Plej elkoran gratulon kaj antaŭen plue! Aliekstreme, en julio 2025, la bit-revuo *Literatura vivo* prezentis sian unuan numeron. Bonvenon, sukceson kaj longan vivon! Inter la aperdatoj de la unua kaj la dua, nome en aprilo 2025, aperis la n-ro 15 de la "neregula beletra bit-revuo" *Beletra Edeno*. Aperigu ĝin, kiam ajn vi rigardas oportuna tion fari, sed bonvolu aperigi ĝin plue!

Mi kaptas la okazon por deklari nian firman apogon al ĉiuj tiuspecaj iniciatoj, kiuj faras bonon al kvanta kaj kvalita kresko de la E-kulturo.

Kiel sciate, la finon de ĉi sekcio, *E-kultura renkontiĝejo*, mi kutime dediĉas al elkora rememoro pri ĉiuj praktikantoj kaj amantoj de la E-kulturo forpasintaj inter la lasta pasintjara *Raporto de la Prezidanto* kaj la nunjara. Mi ja volas turni mian penson, eĉ se nur por kelkaj sekundoj, al tiuj homoj, ĉi-jare reprezenteblaj per du ege konataj E-kulturuloj: Renato Corssetti, Honora Prezidanto de UEA, lingvisto, AIS-profesoro, E-Akademiano... Kaj Charles Power, iama laboristo ĉe Centra Oficejo, krom verkisto kaj tradukisto. Nu, Daniela Power, vidvino de Charles Power, donacis grandan sumon por kreota Fonduso Charles Power / Karlo Pov, el kiu oni ĉerpos monon ĉiujare por diversaj movadaj celoj. Menciindas ĉi tie, ke Daniela kontaktis nin, t.e. la BK-Komisionon, kaj, rezulte de nia korespondado, ni venis al la decido krei novan BK-branĉon, nomatan *Sciencfikcio kaj Fantasto*, kies unua premio havos la nomon "Premio Charles Power". En nia venonta "Alvoko al partopreno en BK-2026", ni detaligos la tutajn karakterizaĵojn de tiu nova BK-branĉo.

BELARTA RIKOLTO 2025

Pasintjare mi devis komenci ĉi raporton per detalado de la ŝanĝoj okazintaj en kelkaj juĝkomisionoj pro eksiĝo de priaj ĵurianoj kaj alveno de iliaj anstataŭantoj, pri kiuj mi prezentis biografiajn notojn.

Dualoke, mi manifestis al vi mian egan miron pro la malalta nombro de konkursaĵoj ricevitaj: nur 110, nome 70 verkoj malpli ol en 2023, 63 malpli ol en 2022 kaj 76 malpli ol en la rekorda jaro 2021! Nu, ĉi-jare la partopreno en BK iel rekaptis la averaĝan pulson de la lastaj jaroj. Oni ricevis 163 konkursaĵojn, nome 53 verkojn pli ol en 2024, 10 malpli ol en 2022, 12 pli ol en 2020 ktp. Krome, ili venis de la kvin kontinentoj. Kuriozas konstati, ke 19 el la 21 verkoj el Afriko sendis verkistoj de D.R. Kongo, samkiel el la 102 konkursaĵoj senditaj de la 14 eŭropaj landoj partoprenintaj, la plej granda nombro (18) venis de Ukrainio. Nu, kaj D.R. Kongo kaj Ukrainio suferas terurajn militojn.

Nun mi volonte gvidos vin en la laŭbranĉan konsiston de la ĉi-jara rikolto.

Branĉo Poezio. Juĝkomisiono: Krys Williams, István Ertl, Mao Zifu. Partoprenis 39 verkoj de 21 aŭtoroj el 13 landoj (10 el Afriko, 2 el Ameriko, 2 el Azio kaj 25 el Eŭropo), nome 15 konkursaĵoj pli ol en BK-2024 (24-13-10), 12 konkursaĵoj malpli ol en BK-2023 (51-29-18) kaj 14 konkursaĵoj malpli ol en BK-2022 (53-24-17).

Ankaŭ ĉi-jare, samkiel en BK-2024 kaj BK-2023, la ĉi-branĉa juĝ-komisiono aljuĝis la tri eblajn premiojn, sed, malkiel pasintjare, en BK-2025 estis ankaŭ honoraj mencioj. Ĝuste tri. Kiel bela surprizo, ke la aŭtoro de du el la honormenciitaj poemoj estas mia portugala amiko, membro de la t.n. Ibera Skolo kaj kunaŭtoro, kune kun Georgo Kamaĉo, Liven Dek kaj mi mem, de la kvaropa poemaro *Ibere libere*! Bele, ke, post tiom longe, li plue poemas kaj premiiĝas! La trian honoran mencion ricevis poemo de al mi nekonata poeto el Litovio/Koreio: Choe Taesok, kiun de sur ĉi paĝo mi instigas al plua poemado.

Forestas ĉi-jare en ĉi branĉo nomo de verkisto, kies sonetoj, sonet-kronoj aŭ klasikstilaj poemoj jam de BK-2019 iel aŭ alie premiiĝis. Temas pri la kazaĥa poeto Evgenij Georgiev. Lia foresto en la branĉo Poezio memkompreneblas: en BK-2024, lia soneto *Litera Turo* ricevis la unuan premion, do en BK-2025 li ne rajtis partopreni ĉi-branĉe. Sed eblas supozi, ke, se la regularo permesintus al li tion fari, lia(j) poemo(j) ricevintus premiojn, se konsideri la ĝisnune manifestitan emon de la ĉi-branĉa juĝkomisiono al pozitiva aprezo de tiuspeca poezio.

Ne mankis, tamen, la nomo de jam de longe agnoskita poeto, Benoît Philippe, kies pasintjara konkursaĵo, *Mia lasta vizito*, ricevis la trian premion, kaj do li rajtis partopreni ĉi-jare. Du poemoj de Philippe premiiĝis: *Aŭdu* ricevis la trian premion kaj *Al mia unua instruistino nun 90-jara*, ne pli kaj ne malpli ol la unuan premion. Gratulon Benoît!

La duan premion ricevis la poemo *Amara bukedo*, de alia jam de longe agnoskita poeto, la baleare hispana lirikisto Nicolau Dols, kiun kelkaj rigardas ibera-skolano, kio min persone honoras. Mian plej elkoran gratulon, Nicolau!

Rilate al taksado far la ĉi-branĉa juĝkomisiono de la poezia valoro de la poemoj premiitaj en BK-2025, neniu ĝenerala konsidero venis al mi, sed ĵurianaj komentoj ricevitaj evidentigas ne tre grandan prian entuziasmon.

Branĉo Prozo. Juĝkomisiono: Trevor Steele, Julian Modest, Anina Stecay. Konkursis 47 verkoj de 28 aŭtoroj el 16 landoj (11 el Afriko, 5 el Ameriko kaj 26 el Eŭropo), nome nombro de verkoj supera per 29 al tiu en BK-2024 (18-12-8), supera per 5 al tiu en BK-2023 (42-26-16) kaj supera per 9 al tiu en BK-2022 (38-22-16).

Laŭ la nombro de prozaĵoj ĉi-jare ricevitaj, do, la rikolto en BK-2025 superas tiujn en BK-2024, BK-2023 kaj BK-2022. Pri kvalito, en rilato kun la nombro da premiitaj ĉi-branĉaĵoj, dirindas, ke, kvankam ĉi-jare, samkiel pasintjare, estis aljuĝitaj la tri ĉefaj premioj kaj neniu honora mencio, ĉi-jare, tamen, la unua premio estis aljuĝita en egaleco al du verkoj, *Plagiato*, de la plurtalenta, produktiva kaj divers-aranĝe aplaŭdata porto-rikano Jorge Rafael Nogueras, kaj *Ridindaj amaferoj*, de la usonanino Debra Hamel.

Pasintjare unu el la ĉi-branĉaj ĵurianoj asertis, ke la arta nivelo de la ricevitaj rakontoj entute pli altas ol tiu en BK-2023. Nu, ĉi-jare, tiu homo resumas jenon pri *Plagiato*: "Tre lerta fantaziaĵo en preskaŭ perfekta lingvo", kaj jenon pri *Ridindaj amaferoj*: "Vasta vortstoko, lerte prezentita".

Resume, en la branĉo Prozo eblas paroli pri kresko kvanta kaj arta. Gratulon do al ĉiuj premiitoj!

Branĉo Mikronovelo. Juĝkomisiono: Trevor Steele, Nicola Ruggiero, Antonio Valén. Partoprenis 43 verkoj de 20 aŭtoroj el 13 landoj (8 el Ameriko, 8 el Azio kaj 27 el Eŭropo), nome nombro de konkursaĵoj supera per 8 al tiu en BK-2024 (35-16-12), malsupera per 16 al tiu en BK-2023 (59-28-18) kaj malsupera per 11 al tiu en BK-2022 (54-25-16).

Pasintjare la unua premio kaj la dua en ĉi branĉo estis aljuĝitaj al verkoj de mia admirata Jorge Rafael Nogueras. Memkomprenelbe do li ne rajtis konkursi ĉi-branĉe en BK-2025, sed, kiel ĵus vidite, li tion faris en la branĉo Prozo per verko atinginta la unuan premion. Dume, por praktiki plue sian amatan mikronovelemon, li produktis la libron *Centvorte (Cent cent-vortaj mikronoveloj)*, kiun, kun prologo de nia BK-Sekretario, aperigis Mondial en poŝlibra eldono la pasintan 23an de junio. Hura al nia ora porto-rikano, kiun la kolegoj en la grupo *Usone persone* familiare nomas "Rafa Nogueras"!

Nu, pasintjare, en la branĉo Mikronovelo, krom la premioj unua (nomata Premio Paula Adúriz) kaj dua, aljuĝitaj, kiel dirite, al verkoj de "Rafa Nogueras", respektive, *Enamiĝinto* kaj *Unuaj amrendevuoj*, oni aljuĝis honoran mencion al la konkursaĵo *Ridetema soldato*, de Yin Jiaxin el Cinio. Ĉi-jare estis pli da premiitaj verkoj. La Premio Paula Adúriz estis aljuĝita al mikronovelo kun titolo tiel mikroeca, ke ĝi konsistas ne el literoj, sed el jena signo: "!". Kiel sciate, tiu signo uzatas en Esperanto kiel fino de eksklamacia esprimo. Kurioze, ĉu ne? Ĝia aŭtoro estas Steven Cybulski el Usono. La dua premio estis aljuĝita al *Mortigo de Mnemozino*, de la konata ukraina verkistino Tatjana Auderskaja. La trian premion kundividis en egaleco la mikronoveloj *Kreema infano*, de la portugalino Lurdes Oliveira kaj *Ne krokodilu*, de la usonanino Debra Hamel. Jen denove aperas la nomo de ĉi verkistino rilate al ĉi-jare premiita konkursaĵo. Elkoran gratulon!

Pri kvalito, mi ne disponas ĝeneralan resumon far iu el la ĉi-branĉaj ĵurianoj. Tamen ne mankas rimarkoj far majstro Trevor Steele pri iu aŭ alia el la premiitaj mikronoveloj. Jen kelkaj el ili: "Lingve senmanka". "Senmanka vortuzo". "Tre bona stilo". "Bela vortelekto". "Facilflua prozo". "Tre matura stilo".

Teatraj fakoj. Kiel sciate, kutime, ene de ĉi sekcio, mi konsideras la rikolton en la branĉo **Teatraĵo** plus la rikolton en la subbranĉo **Monologo aŭ Skeĉo. Premio María Cuevas.**

Ĉi-jare, en la branĉo Teatraĵo, kies juĝkomisionon konsistigas Saša Pilipović, Georgo Handzlik kaj Alena Adler, partoprenis 5 verkoj de 5 aŭtoroj el 5 landoj (1 el Ameriko, 1 el Azio kaj 3 el Eŭropo), t.e. 4 verkoj pli ol pasintjare (1-1-1), 4 verkoj pli ol en BK-2023 (1-1-1) kaj unu verko pli ol en BK-2022 (4-4-3).

Rilate al la subbranĉo Monologo aŭ Skeĉo, kun la sama juĝkomi-
siono kiel la branĉo Teatraĵo, ĉi-jare partoprenis en ĝi 4 verkoj
de 4 aŭtoroj el 4 landoj (1 el Ameriko, 2 el Azio kaj 1 el Eŭropo),
nome 2 verkoj pli ol en BK-2024 (2-2-2), 1 verko pli ol en BK-
2023 (3-3-3) kaj 5 verkoj malpli ol en BK-2022 (9-6-6). Se aldoni
tiujn 4 verkojn al la 5 konkursaĵoj partoprenintaj en la branĉo
Teatraĵo, oni ricevas entute 9 verkojn en la de mi nomataj "Teatraj
fakoj", alitempe, simple, Teatraĵo, fronte al la 3 verkoj pasintjare
ricevitaj kaj al la 4 teatraj verkoj entute partoprenintaj en BK-
2023. Ni gajnis do, respektive, 6 kaj 5 konkursaĵojn rilate al la
ĉi-fakaj rikoltoj en la du antaŭaj BK-okazigoj. Tio povus signifi,
ke la terura apika falado de la nombro de ĉi-fakaj konkursaĵoj (en
BK-2022 ni ricevis 13 entute!) komencis bremsiĝi. Bele, se tiele!

Rilate al la subbranĉo Monologo aŭ Skeĉo, ĉi-jare, malkiel en la
du antaŭaj jaroj, la unua premio, nomata Premio María Cuevas,
ja estis aljuĝita. Al kiu verko? Nu, al *Bopatrino – Superheroo*,
aŭtorita de... ... ... la plurtalenta kazaĥa reĝo de sonetkronoj
Evgenij Georgiev!!! Nekredeble! Mi povas nur gapi de admiro.
Kaj eĉ kapti la okazon por anonci, ke venontjare la subbranĉo
Monologo aŭ Skeĉo transiĝos al la kategorio branĉo sub la nomo
"Mallonga Teatraĵo (monologo, skeĉo, ktp)".

Pasintjare, la unusola verko konkursinta en la branĉo Teatraĵo
ricevis la trian premion. Ĉi-jare estis aljuĝitaj la tri ĉefaj premioj
plus unu honora mencio. Aparte gravas kaj rimarkindas la ĉi-
branĉa aljuĝo de la unua premio, se oni konsideras la fakton,
ke, en la lastaj 25 jaroj, tio realiĝis en nur 4 okazoj. Sed, kiu
estas la brila aŭtoro de la teatraĵo *Civilizita konversacio*, kiu en
BK-2025 atingis tian prodaĵon? Nu, neniu alia ol nia fekunda
plurtalentulo "Rafa Nogueras"! Prihurainde! Kaj kiu aŭtoris
la verkon ricevintan la duan premion? Nu, neniu alia ol nia ...
... ... Evgenij Georgiev. Nekredeble! Kiel esprimi al tiu paro da
plurtalentuloj mian admiron?

Pri la kvalito de la premiitaj verkoj, mi konfesas, ke neniam ĝis
nun mi ricevis komentojn de la ĉi-fakaj ĵurianoj tiel entuziasmajn
kiel estas tiuj de ili ĉi-jare formulitaj. Jen, pri la monologo de

Georgiev, ricevinta la Premion María Cuevas, la opinio de unu el la ĵurianoj:

Vigla, kun sia specifa lingvaĵo, kiu sugestas junan energian homon, kiu tre rapide eldiras la tekston al la publiko. Verŝajne li tuj kaptas kontakton kun la aŭskultantoj. Rakontas pri propraj travivaĵoj, kiuj kaptas atenton de la spektantoj. Ili povas senti la samecon de propraj sortoj kun tiu de la rakontanto... La lingvaĵo brile rapida, fluega, ĉiutaga, kio ne estas kutima en esperantaj konversacioj kaj ne ofta eĉ en la libraj... La tuta teksto iusence provoka, kuraĝa precipe por esperanta scenejo, freŝa. La finalo ankaŭ brila, iom paciga, aŭ ŝajne paciga... La plej bona monologo de la lastaj jaroj.

Jen la pria opinio de dua ĵuriano:

Tre interesa monologo pri la kara bopatrino kiun ĉiuj bofiloj rekonas. Bona rakonto, kiu povas esti ludata sur scenejo.

Kaj jen la pria opinio de la tria ĵuriano:

Prezentenda kaj premiinda. Plej komedia/amuza monologo, plej lingve riĉa, plej probable kaptos spektantaron.

Jen, pri la teatraĵo *Civilizita konversacio*, de "Rafa Nogueras" ricevinta la unuan premion, la opinio de la unua ĵuriano:

Bone komencita teatraĵo. De la unua momento tuj videblas la konflikton bone elpensitan. La karakteroj estas absolute klaraj, La aŭtoro de la komenco scias, kiel li intencas gvidi la historion kaj oni ne trovas en la teksto nebezonatajn agojn, vortojn, malgraŭ, ke ambaŭ roluloj ĉefe sidas, ni vidas, sentas realan lukton inter ili.

Jen la pria opinio de la dua ĵuriano:

La aŭtoro skribis tre streĉan dramon, kiu tenas la atenton ĉie. Sperte kaj lerte verkita. Ankaŭ estas interese surscenigi ĝin kaj prezenti ĝin al esperantistoj.

Jen, fine, la pria opinio de la tria ĵuriano:

Tre bona retuŝo de Pedro y el Capitán, *verko kiu bedaŭrinde plu rilatas trafe al la bezono de la politika momento... Lingve senpeka.*

Surscenigebla en hodiaŭa Esperantujo, vidpunkte de rekvizitoj, kostumoj, aktoroj.

Kiel mi feliĉas!

Infanlibro de la jaro. Juĝkomisiono: Ricardo Albert Reyna, Edmund Grimley Evans kaj Martin Markarian. Konkursis 4 infanlibroj de 4 eldonejoj el 4 landoj (3 el Eŭropo kaj 1 el Oceanio), nome 10 verkoj malpli ol pasintjare (14-6-6), 2 verkoj pli ol en BK-2023 (2-2-2) kaj 3 verkoj malpli ol en BK-2022 (7-6-6).

Kiel konstateblas, ĉi-branĉe la nombro de ĉiujaraj konkursaĵoj forte neregulas. Kvalite, tamen, eblas paroli pri regula alteco.

En BK-2025, la premio "Infanlibro de la jaro" estis aljuĝita al la Eldonejo "ZIRIA", pro la verko *Vivo*, de Roberto Pérez-Franco, ilustrita de Margarita Cubino kaj tradukita de Norberto Díaz Guevara.

Ĉi-jare mi ne disponas la kutime detalan, altnivelan kaj belstilan resumon pri kvalito fare de mia bona kolego kaj amiko Ricardo. Tamen al mi alvenis interesaj komentoj far la tri ĵurianoj. Unu el ili asertas jenon:

Modela lingvaĵo, tute flua, plej aĝkonvena. Abunde ilustrita. Ĝi montras realvivan konflikton kaj solvon konvenan al porvivaj valoroj.

Dua ĵuriano jene resumis siajn priajn impresojn:

Modela lingvaĵo, tute flua, plej aĝkonvena. Abunde ilustrita. Ĝi montras realvivan konflikton kaj solvon konvenan al porvivaj valoroj.

Fine, tria ĵuriano opinias jenon:

Bela rakonto, taŭga por infanoj de diversaj aĝoj. Bele ilustrita kaj senmakule tradukita al Esperanto. Estas bone vidi, ke la aŭtoro mem estas esperantisto. Pedagogie valora.

Ek do al leg', infanoj kaj infanecamaj adoltoj!

Branĉo Eseo. Juĝkomisiono: Gotoo Hitoshi, Antonio Valén kaj Giridhar Rao. Partoprenis 7 verkoj de 6 aŭtoroj el 6 landoj (7 el Eŭropo), nome 3 verkoj pli ol pasintjare (4-3-3), 4 verkoj malpli ol en BK-2023 (11-9-8) kaj 3 verkoj pli ol en BK-2022 (4-3-3).

En BK 2023 estis aljuĝitaj la dua premio kaj unu honora mencio. Pasintjare estis aljuĝita nur la tria premio. Ĉi-jare, finfine, la unua premio, nomata Premio Luigi Minnaja, kaj nur ĝi, estis aljuĝita! Ricevis ĝin la eseo *Semantika potenco de Esperanto: de kombineblo al signifo*, de Toni Espinosa el Hispanio. Brave!

Ankaŭ pri kvalito de la ĉi-jara esea rikolto mi ne disponas ĝeneralan rigardon, sed tamen alvenis al mi plej interesaj konsideroj, far du el la ĉi-branĉaj ĵurianoj, pri la alta arta nivelo de la premiita eseo. Unu el ili, kutime laŭdoŝpara kaj nefacile kontentigebla, asertas jenon:

Mi proponas la unuan premion por ĝi, ĉar ĝi estas interes-veka kaj verkita ne nur tre klare, sed ankaŭ en bona esperanto. La temo estas loga kaj noveca, ĉar oni ĝis nun ne verkis pri statistika apero de sufiksoj en nia lingvo per la nuntempaj rimedoj de artefarita intelekto, kiun la aŭtoro uzas tre inteligente. Eseo mallonga, sed riĉ-enhava.

Jen vi havas!

Dua ĵuriano jene formulas sian klaran jeson al la grave premiita eseo:

Klara tezo. Bone organizita eseo. Enhavriĉa kaj lingve altnivela. Meritas la unuan premion.

Miaflanke, mi avidas tralegi, kaj sendube traĝui, tiel altkvalitan verkon.

Branĉo Kantoteksto. Juĝkomisiono: Ankie van der Meer, Flavio Fonseca kaj (nur escepte ĉi-okaze) Miguel Fernández. Partoprenis 14 verkoj de 6 aŭtoroj el 6 landoj (4 el Azio kaj 10 el Eŭropo), nome 2 konkursaĵoj pli ol pasintjare (12-5-4), 3 konkursaĵoj pli ol en BK-2023 (11-7-7) kaj 10 konkursaĵoj pli ol en BK-2022 (4-3-3).

Ĉi-okaze, kaj nur por savi la situacion (ial juĝkomisionano Ĵak Le Puil ne povis sendi al ni ĝustatempe sian poentumadon), la Sekretario, laŭe al la BK-regularo, petis la Prezidanton (min mem) anstataŭi la forestan ĵurianon por ĉi jaro. Kaj mi devis jesi, malgraŭ mia principa rifuzo al tio iel enmiksiĝi en ĵurianajn taskojn. Por laŭeble minimumigi mian intervenon, mi petis, ke oni sendu al mi la konkursaĵojn sen scio kaj supozo pri la opinio de la du aliaj ĵurianoj.

La premioj unua kaj dua estis aljuĝitaj al kantotekstoj de la ukraina verkisto Petro Palivoda, dum la trian ricevis en egaleco du konkursaĵoj de la plurtalenta kaj plurokaze BK-premiita Ewa Grochowska. Elkoran gratulon al ili ambaŭ!

Pri kvalito de la tuta ĉi-branĉa rikolto, mi sincere konfesas, ke ĝi ne entuziasmigis min. Pri la premiitaj kantotekstoj, la Sekretario jene resumis al mi la taksadon far Ankie kaj Flavio: "ĝenerale, ili vidis en la tekstoj bonajn ideojn, vortojn, metron kaj rimon".

Adiaŭe

Kiel kutime, mi volas adiaŭi vin ĉiujn per plej elkora gratulo al la BK-premiitoj, invitante ilin al ĉiam pli profunda eniĝo en la animon de nia lingvo kaj en la koron de la literaturo. Nepremiitajn konkursintojn mi profunde dankas pro ties partopreno kaj invitas ilin venontjare konkursi denove, surbaze de plua studado de la lingvo, de ties literaturaj rimedoj kaj de la aktualaj beletraj vojoj iprataj de plej bonaj verkistoj en iliaj respektivaj landoj. Beletremuloj neniam konkursintaj en BK, ek al konkursado en venontaj okazigoj de tiu nia ĉiujara literatura evento!

Kaj, same kiel kutime, mi volas fini mian raporton per versoj, ĉi-okaze per dekversa poemo el mia lasta poemaro *Semo de matenruĝoj*, publikigita de Mondial en 2023:

FINA KANTO DE NUNTEMPA MENESTRELO

Jen mi venis al la fin',
kantante pri mia vero.
Ne juĝu min kun severo,
se mi ne kortuŝis vin.
Nur kontraŭ glaso da vin'
bardoj kantis sian scion,
mi tamen petas nenion
kontraŭ montro de la kor'
por deziri kun fervor'
sanon, juston, poezion!

Geamikoj, sanon kaj E-kulturon!
Sanon kaj Utopion!

www.ingramcontent.com/pod-product-compliance
Lightning Source LLC
Chambersburg PA
CBHW030504260626
47157CB00005B/1640